다행한 불행

다행한 불행

1쇄 발행 2023년 6월 20일
2쇄 발행 2023년 7월 20일

지은이 김설

펴낸곳 책과이음
출판등록 2018년 1월 11일 제395-2018-000010호
대표전화 0505-099-0411 **팩스** 0505-099-0826
이메일 bookconnector@naver.com
Facebook · Blog /bookconnector
Instagram @book_connector
독자교정 류경림 변혜진 정은숙 조영주 진창숙

ⓒ 김설, 2023

ISBN 979-11-90365-50-5 03810

책과이음 • 책과 사람을 잇습니다!

다행한 불행

부서지는 생의 조각으로 쌓아 올린 단단한 평온

김 설

책과이음

둘을 허물고 하나가 되겠다는 꿈은 꾸지 마라
더 강하고 간소해진 사랑을 만들라

아빠가 처음 학교에 온 날을 기억한다. 운동장을 걸어 들어 오는 아빠의 모습을 창문으로 보면서 저 사람이 우리 아빠 라고 자랑하듯 말했다. 유난히 작은 얼굴에 빈틈없이 들어 찬 이목구비, 한쪽 볼에만 있는 보조개, 호랑이를 말하면 호 랑이를, 기린을 말하면 기린을 눈 깜짝할 사이에 그리는 예 술적 재능까지. 초등학교 2학년 때까지만 해도 나는 그런 아 빠를 닮고 싶었고, 지나가는 말이라도 누군가 아빠를 닮았 다고 하면 응당 들어야 할 이야기를 들은 듯 배시시 웃었다.

　아빠를 아버지라는 호칭으로 바꿔 부를 무렵부터 아버지

는 조금씩 달라졌다. 방에 누워 있는 게 분명한데도 아버지가 안 보이기 시작했다. 어떤 날은 길을 잃은 것 같은 얼굴로 앉아 있었다. 저녁 밥상을 물리고 우두커니 있을 때의 표정은 침울해 보였다. 예기치 않은 일 때문에 재밌는 놀이를 억지로 그만두고 들어온 사람의 얼굴. 거기에는 아쉬움과 후회와 한숨이 뒤섞여 있었다. 삶의 불행이 숨김없이 드러나 있는 얼굴을 처음 접한 것도 그때였다.

아버지는 가족과 함께 기쁨을 나누는 일에는 도무지 관심이 없어 보였다. 유복자로 태어나 일찍 가장이 되었고 가족의 생계를 책임지느라 원하던 미술 공부를 하지 못했지만, 당신이 추사 김정희의 후손이라는 자부심이 대단했다. 그만큼 재능이 많고 매력 넘치는 사람이었다. 모르긴 몰라도 아버지 인생의 유일한 걸림돌은 당신이 선택한 결혼이었을 것이다.

그런 아버지를 이해하려고 노력했던 건 엄마였다. 대화에 굶주린 엄마는 그림을 그리는 아버지에게 끝없이 말을 걸었다. 그림에 몰두하지 못하고 결국 붓을 헹구던 아버지의 모습이 지금도 눈에 선하다. 나는 엄마가 가까스로 쥐어짜낸

애교가 아버지에게 칭얼거림으로만 들리는 것 같아서 안타까웠다. 속으로 엄마를 응원했다.

'엄마, 제발 그런 얼굴 말고 조금 더 상냥한 얼굴이어야지. 말투는 조금 더 나긋나긋!'

오랜만에 만나는 남편에게 엄마가 하는 말은 늘 푸념이거나 원망이었다. 입을 꾹 다물고 듣기만 하던 아버지는 온다 간다 말도 없이 집을 나가서 한동안 연락을 끊었다. 그렇게 아버지가 사라질 때마다 나는, 되도록 결혼 같은 건 하지말자, 혹시 운이 지지리 나빠 결혼하게 되어도 남편과 자식만 바라보고 살지는 않을 거다, 엄마처럼 한 남자로 끝장을보려는 미련은 떨지 말자, 하고 생각했다.

한 남자의 아내로서 엄마의 삶은 불행 그 자체였다. 영혼이 자유로웠던 아버지가 행복했을지 또한 확신할 수 없다. 어지간해서는 돌아오지 않겠다고 생각하고 나갔을 집에 결국 돌아오고 또 돌아오는 사람이 아버지였고, 차라리 들어오지 말았으면 하던 남편이 돌아오면 차마 밀어내지 못하고받아준 사람이 엄마였다. 두 사람은 결혼의 속박에서 벗어나길 꿈꾸었지만 끝내 소망을 이루지 못하고 운명에 복종한

다행한 불행

안타까운 결말의 주인공들이었다.

철이 들면서부터 누구보다 부모님의 이혼을 바랐다. 두 사람 모두 불행하게 살 바에는 이혼하는 편이 낫다고 생각했다. 엄마의 불행을 두고 볼 수 없어서 이혼을 종용했다. 그러나 예상과 달리 엄마가 고민한 시간은 짧았다. 엄마는 낯설고 불확실한 행복보다는 익숙한 불행을 선택했다.

나는 세상 사람들이 가정의 행복과 결혼의 장점에 대해 이러쿵저러쿵하는 말이 틀렸다고 생각했다. 결혼의 쓴맛을 제대로 알지 못하는 사람들의 판단이라고 치부해버렸다. 영화나 드라마에서 행복하게 잘 사는 부부를 보면 드라마라서 가능한 일이라고, 다른 부부들은 다 내 부모처럼 부부도 아니고 남도 아닌 관계로 산다고 단순하게 생각해버렸다. 엄마가 끝내 이혼하지 않고 불행을 받아들인 이유가 경제적 자립을 하지 못했기 때문이라고 생각하면서, 최대한 빨리 먹고사는 데 문제가 없을 만큼의 돈을 벌고 싶었다. 언젠가는 엄마도 이혼하게 될 거고, 그때를 대비해야 한다고 생각하며 열심히 일했다. 결혼할 생각이 없는 건 당연했다.

○

몇 년 후 나는 한 남자와 법적으로 엮이려고 안달했다. 결혼을 잘못해서 닥치는 불행보다 결혼 후에 주어질 안정이 더 유혹적이었던 걸 보면 사회생활에도 사람과의 관계에도 어지간히 지쳐 있었던 것 같다. 그러면서 언제라도 후회되면 다시 각자의 자리로 돌아오자고 상대를 안심시키며 결혼식을 서둘렀다. 그러다 '이렇게는 1년도 못 살겠는데?' 하고 생각했던 게 결혼하고 두 달 만이었다.

성급한 결혼과 이혼, 20년 만의 재결합 후 7년이라는 시간이 흘렀다. 그동안 부부로 사는 게 무엇이냐는 질문에 오래 매달렸다. 결혼만큼 부조리한 것이 이 세상에 또 있을까. 운의 작용은 또 얼마나 강한지. 성찰은 버겁고 분노는 들끓었다. 하루하루가 불안과 불만의 연속이었다. 내가 경험한 결혼은 결코 안전을 보증할 수 없는 세계였다.

남편과는 정말 뭐 하나 일치하는 게 없는데, 미련함과 실험정신이 강한 점은 닮았다. 그것이 우리가 뻘짓을 계속하게 만드는 힘이었다. 나의 결혼과 이혼과 재회를 지켜본 지인들은 그게 사랑이 아니고 무엇이겠냐고 쉽사리 단정하지

다행한 불행

만, 선혈이 낭자했던 다툼과 서로를 향한 비난, 폐허가 된 삶을 자세히 못 봤으니 하는 말이다. 솔직히 남녀 간의 사랑 따윈 이제 안중에도 없다. 빈약한 답을 얻기 위해 쓴 시간이 터무니없이 길다.

차 례

결혼에 나를 던졌다

끝내 이혼을 선택하지 않은 엄마는 마흔 살부터 아프기 시작했다. 나는 엄마가 아픈 이유를 가정에 무심한 남편을 만나 마음고생한 탓이라고 여기는데, 그 생각은 세월이 가면서 확신으로 굳었다. 차라리 일찍 재혼이라도 했으면 행복해졌을지도 모르는 일 아닌가.

엄마는 예뻤고, 부잣집 딸답게 어딘지 모르게 귀티가 났다. 아빠한테 푸대접이나 받을 여자가 아니었다. 엄마가 모로 누워 한숨을 쉬는 날에, 나는 반대로 등을 대고 누워서 엄마가 돈 많은 아저씨를 만나 팔자 고치는 상상을 했다. 거기엔 항상 비로드 드레스를 입은 엄마가 등장했다. 으리으리한 거실 속에 있는 엄마는 지금과는 달리 걱정이라고는 하나도 없어 보였다. 나를 향해 다정하게 웃는 얼굴이 행복해 보였다. 엄마가 웃는 걸 보는 건 상상에서나 가능한 일이었다. 나도 덩달아 행복했다. 엄마가 부자와 재혼하면 내 인생에서 무엇이 달라질까? 아빠랑 살아야 하나? 엄마가 나와 동생을 데리고 갈까? 동생하고 헤어지는 건 싫은데. 엄마가 우리 남매를 버릴 리 없다고 애써 안심하면서 깜빡 낮잠에 빠지곤 했다. 생각해보면 아빠와의 의리 같은 건 안중에도 없었던 것 같다.

○

오랫동안 엄마의 불행을 지켜봐서인지 두 분의 연애 이야기는 도무지 진짜라고 믿을 수가 없었다. 엄마의 결혼 생활은 아빠를 향한 일방적인 구애였지만, 연애는 달랐던 것 같다. 아빠는 엄마의 외모에 매료됐고, 엄마는 아빠의 예술가 같은 분위기에 빠졌다. 외할아버지는 두 사람의 결혼을 반대했는데, 가난한 집의 외아들, 볼 거라고는 멀쩡하게 생긴 허

다행한 불행

우대뿐이라고 싫어하셨단다. 그런 놈에게 귀한 막내딸을 보낼 수 없다고 집 밖으로 나가지도 못하게 하면서 외삼촌들에게 감시하라고 시킬 정도였다.

사랑에 눈이 멀어버린 엄마는 아빠를 평생 사랑하게 될 사람으로 여겼다. 엄마는 아빠가 하는 말이 언제나 진실하다고 믿었다. 행여 거짓말이었다는 게 밝혀져도 그럴 수밖에 없는 나름의 이유가 있다고 믿는, 대책 없이 순진하고 답답한 여자였다. 목돈이 들어오면 집을 장만하자는 약속을 번번이 깨도 어물쩍 넘어가주고, 아빠가 젊은 여자와 살림을 차리면 괴로움에 몸부림을 치면서도 결국 용서했다. 그럴 때마다 엄마는 용감한 여자로 변신하는 것처럼 보였다.

그러나 용감한 시절은 삶에 호되게 당한 세월에 비하면 아주 잠깐이었다. 부부 사이에 증오나 미움이 끼어들면 가정은 회의감으로 가득 찬 공간이 된다는 것. 나는 부모를 통해 그 중요한 사실을 알게 됐다.

O

내 결혼은 엄마처럼 상대를 향한 매료에서 시작되지 않았다. 한 남자와 긴 연애를 하고 지인들과 가족들의 축복을 받으며 하는 결혼이 어떤 기분인지 나는 지금까지도 알지 못한다.

스물일곱 살에 운명이라고 믿었던 남자와 억지로 헤어졌다. 내 안에 희미하게 반짝이던 작은 별까지 모두 잠재우고 영원히 그의 삶 속으로 스며들고 싶던 남자였다. 우리는 사랑하면서도 어긋났고, 주변의 여건은 우리를 도와주지 않았다. 눈물로 몇 달을 지새우면서도 내가 먼저 이별을 감행했다. 발걸음을 멈추고 뒤돌아보는 그를 향해 씩씩한 척 손을 흔들었다. 비련의 주인공이라도 된 듯 멀어지는 그의 뒷모습을 보며 눈물을 삼켰고, 내 인생에서 사랑은 이것으로 됐다고 애써 위안했다.

이별의 고통이 희미해지려면 다음 순서가 빠르게 진행되어야 했다. 나는 있지도 않은 남자를 들먹이며 결혼을 서둘렀다. 스물여덟 살이 되면 무조건 결혼할 거라고, 누구라도 레이더망에 걸리기만 하면 결혼부터 하자고 조를 거라고 마음먹고 있었다. 결혼이 이별의 상처를 치유할 유일한 수단처럼 여겨졌다.

다행한 불행

결혼을 못 해 안달이 난 시기에 하필이면 내 눈에 띈 게 남편의 운명이라고 생각하면 미안한 마음이 든다. 무슨 결혼을 그런 식으로 하느냐는 핀잔도 들었지만, 개의치 않았다. 어차피 대단한 행복, 벅찬 희망, 원대한 계획을 품고 결혼한 것이 아니었으므로, 그에게도 나에게도 행복을 설득할 필요가 없었다. 그의 건강함, 명쾌함, 순진함, 단순함, 진중함에 기대어 그저 편안하게 지낼 수 있기를 바랐다. 철딱서니가 없어서인지 사는 형편이 오르락내리락했어도 가난해서 못 살겠다고 생각하지는 않았던 것 같다. 그 시절엔 어느 집이든 조금씩은 가난했으니까. 아버지의 영향 때문인지 가난보다는 남편의 외도를 불행의 이유로 생각했다.

○

내 어리석은 생각들은 결혼 1년 만에 완전히 바뀌었다. 결혼 생활은 나를 조금씩 돌아버리게 했다. 어린 시절에 겪은 불행은 불행 축에 끼지도 못한다는 것도 결혼이 알려주었다. 백 개의 얼굴 중 기껏 하나, 많아야 세 개쯤 내게 보여줬을 정체불명의 사람, 서로에 대해 아는 게 거의 없다시피 한 사람과 어쩌자고 인생을 송두리째 섞었을까. 앞뒤가 꽉 막힌 것 같은 기분을 이기지 못하고 가슴팍을 퍽퍽 치는 게 일상이었다.

결혼할 때의 성급함과 조건을 따지지 않은 어리석음을 후회하던 중 깨달았다. 남편이 내게 해줄 수 있는 것이 무엇인지 나름 꼼꼼히 따졌다는 걸. 나는 분명히 계산에 밝은 사람이었는데, 왜 조건을 보지 않았다고 착각한 걸까. 젊은 나이에 성공한 사업가, 5년 후쯤에는 벤츠를 살 수도 있는 남자. 내심 그런 판단이 있었기에 결혼식을 서두른 것이다. 나름대로 계산기를 두드렸지만, 인생이 바라는 대로 흘러가지 않았을 뿐이다.

그런 면에서 결혼은 재미있는 일이다. 키 170센티미터 이하인 남자와는 절대 결혼하지 않겠다고 노래를 부르던 친구는 168센티미터인 남자와 결혼했고, 기독교인이 아니면 안 된다며 교회에서만 남자를 물색하던 친구는 결혼 후 시어머니와 한 달에 한 번 절에 간다. 저 남자와 헤어지느니 차라리 죽겠다던 친구는 3년 만에 이혼했고, 사이좋은 부부라고 소문이 자자한 친구는 백 번을 망설이다 자포자기하는 심정

다행한 불행

으로 결혼한 경우다.

그러고 보면 결혼은 90퍼센트가 운이다. 길을 걷다가 맨홀에 빠지거나 다이아몬드를 줍거나 둘 중 하나다. 유동적이고 불완전한 두 존재가 이상한 끌림에 의해 자신을 던지는 일이고, 던진 다음에는 노력에 해당하는 일이 남는 것이 결혼이었다.

인생의 함정

결혼해주면 노예가 되겠다는 박진영의 노래가 유행하던 시절이었다. 결혼을 안 하면 뒤처지는 것처럼 너도나도 결혼했다. 세상에 태어나 말을 섞어본 남자라고는 아빠밖에 없어서 모든 남자가 무섭다던 E는 대학에 입학하자마자 같은 과 선배와 눈이 맞아 졸업도 하기 전에 결혼했다. 식장으로 들어가는 E는 마치 춤을 추는 것 같았다. 무언가를 멀리하는 사람일수록 마음 깊은 곳에는 그것에 대한 욕망이 강하게 들끓고 있다는 게 맞는 말인지도 모르겠다고 E의 뒷모습을 보면서 생각했다.

다행한 불행

또 다른 친구 H는 평생 본인 소유의 지갑을 가져본 적 없
는 엄마에게 효도하기 위해 자기보다 열 살이나 많은 남자
와 결혼했다. 엄마의 빚을 청산해준다는 약속을 받았다고
했다. 군 복무 중인 가난한 첫사랑에게는 이틀 전에야 자신
의 결혼 소식을 알렸다. 가난 때문에 할 수 없이 첫사랑과
헤어지고 나이 많은 남자에게 팔려 간다며 밤새 전화로 훌
쩍거리던 H의 얼굴이 식장에서는 백합처럼 활짝 폈다. 친구
의 하소연을 밤새도록 들어준 나는 꽃으로 변신한 친구에게
배신감이 들었다. 계획대로라면 H보다 내가 먼저였다. 고심
하며 고른 부케를 손에 들고 식장에 서 있을 사람은 H가 아
니라 나였을 것이다. 언제 울었냐는 듯 다른 얼굴이 된 친구
를 보고 있자니 슬슬 부아가 났다. 결혼을 약속한 사람과 헤
어져서가 아니라 결혼하면서 본가로부터 자연스럽게 해방
되겠다는 계획이 틀어졌기 때문이었다.

신부 친구분들 나오세요, 하는 사진사의 말을 듣고 걸음
을 옮길 때 누군가의 시선을 느꼈다. 나를 뚫어지게 바라보
던 그를 힐끗 바라봤다. 화가 난 것처럼 어딘가 부자연스러
운 눈빛이었다. 시선을 피할 생각이 조금도 없다는 듯 뚫어

지게 나를 쳐다봤다. 그렇게 남편을 만났다.

○

처음 그와 함께 잠든 날은 몹시 피곤했다. 그즈음 통 깊은 잠을 잘 수 없어서인지 단잠을 잤다. 새벽에 눈이 떠졌다. 옆에서 누군가가 자고 있다는 사실이 이상할 법도 한데 자연스럽다고 느꼈다. 그의 숱 많은 더벅머리는 헝클어져 있었고 작게 코를 골았다. 삐뚤어진 베개를 고쳐주려다가 문득 손을 멈췄다. 2개월 전만 해도 내 옆자리에 있는 남자는 이 사람이 아니었다. 두 달 만에 남편이 될 남자를 바꿀 만큼 결혼이 급했나 하는 생각에 얼굴이 달아올랐다. 그러면서도 결혼을 서둘러야 할 때라고, 그만하면 연애도 할 만큼 했다고 주저하는 나를 다그치고 있었다.

　나는 처음이 아니지만, 남편은 처음인 일이 많았다. 여자와 관련된 거의 모든 일이 처음이라서 미안한 마음이 들었고, 그래서 남편을 알기 전에 결혼할 뻔한 사람이 있었다는 사실을 말했다. 돌이켜보면 남자에 대한 나의 능숙함이 어느 정도는 남편을 편안하게 만들었던 것 같다.

남편은 물처럼 투명한 사람이었다. 빨간 물감을 풀면 빨간 물로, 푸른 물감을 풀면 푸른색 물로 변했다. 무슨 색이든 거부감 없이 받아들였다. 물감의 색을 선택하고 풀어야 하는 사람은 언제나 나였다. 결혼하면 함께할 줄 알았던 놀이는 전부 혼자서 하는 놀이였다. 혼자 하는 놀이는 재미없고 금방 싫증이 났다.

임신하고 입덧이 심해 얼음으로 허기를 달래던 어느 날, 평소에는 좋아하지도 않는 초밥 생각이 났다. 남편에게 생선 초밥을 먹고 싶다고 말했다. 하지만 남편에게서는 아무 반응이 없었다. 일식집에 가자는 말도 따로 없고, 내심 기다려봐도 도통 사 올 기미가 없었다. 당시에 살던 곳은 차를 타고 멀리 나가지 않으면 일식을 먹기 힘든 소도시였다. 지금처럼 초밥이 배달되는 시절이었다면 전화 한 통이나 앱으로 간단히 해결했을 것이다. 그때 나는 식당에서 혼자 밥을 먹는 것보다 차라리 굶는 걸 선택하는 사람이었다. 해도 너무한다는 생각에 자존심을 누르며 초밥을 먹고 싶다는 말에 반응하지 않은 이유를 물었다. 남편은 시간이 나면 언제든 먹으면 된다고, 꼭 지금이 아니어도 상관없지 않냐고 되물었다. 드라마에서 본 것처럼, 구하기 힘든 과일을 사달라고 한 것도 아닌데, 품고 있는 아기가 변덕을 부려 먹고 싶은 음식이 여러 번 바뀐 것도 아닌데, 초밥 하나를 제때 못 사주나. 남편의 무심함이 못내 서운했다. 그런데 그 서운함을 말하지 못했다. 몰라서 그랬다는 대답이 돌아올 걸 알았기 때문이다. 남편은 콕 집어 알려주지 않으면 안 되는 사람이었다. 위로도 사과도 할 줄 몰랐다. 처음에는 나한테만 그런 줄 알았지만, 그것도 아니었다.

그렇게 1년을 살았더니 별일 아닌 일로 화가 나고 이유도 없이 초조해졌다. 우린 둘 다 그런 사람이 됐다. 남편은 잘하는 게 없다며 투덜대는 나를 피하려 했고, 나는 이혼을 생각했다. 어딘가 다른 곳에 진짜 내 삶이 있을 것 같았다. 인생이 이게 아닌데 싶고, 서러움이 복받쳐 엉엉 우는 날이 많아졌다. 작은 욕조에 머리를 처박은 것 같은 기분이 들었다. 어디에 있든 여기보다 행복할 것 같았다.

그러던 중 우연히 배우자 기도라는 게 있다는 걸 알게 됐다. 그런 게 있다는 걸 진즉 알았더라면 열심히 기도했을 텐데. 신의 존재를 미심쩍게 여긴 나를 자책했다. 그러면서도 신이라면 기도하는 어린 양에 대해 누구보다 잘 알 텐데, 구구절절 구체적으로 언급할 이유가 없는 거 아닌가 하고 의심도 했다. 내 감정이나 욕구를 억압하고 사소한 것까지 그에게 맞췄던 일도 생각났다. 나는 결혼식을 준비하면서 생기는 크고 작은 갈등도 있을 수 있는 일이라며 크게 개의치 않았었다. 어떻게 될지 알 수 없는 상황이라면 긍정적 결과를 예측하는 태도로 일관했고, 보고 싶은 것만 보고 있었다.

그러면서도 내가 그러고 있다는 걸 몰랐다. 돌이켜보면 지나치게 자신만만했지만 그게 내 안목이었다. 보는 눈이 부족한 걸 알면 그걸 키웠어야지, 하고 말할 사람이 있을지도 모르겠다. 그러나 나는 안목을 키우는 속도보다 결혼식장으로 들어가는 속도가 훨씬 빠른 여자였다. 배우자 기도를 열심히 하거나 요목조목 따져 고르고 고른 남자와 함께했다면 행복했을까. 아직도 잘 모르겠다. 타인과 함께 살려는 생각 자체가 무모한 것 아닌가. 사람 보는 눈이 없는 시기에 결혼한다는 것이 인생의 함정 아닐까. 이 정도가 냉정을 되찾은 지금 머릿속에 드는 생각이다.

내가 상상한 이혼은
이런 것이 아니었다

결혼도 하기 전 이혼을 상상한 적이 있다. 이혼자의 행복이란 어떤 것일까. 급한 것 없는 아침을 맞이하리라. 남자가 없는, 온전히 혼자인 느긋한 시간을 즐기리라. 홀가분한 일상의 달콤함을 만끽하리라. 적당한 조도의 조명에 그리그의 페르귄트 조곡 중 '아침'을 턴테이블에 걸고 짙어가는 커피 향을 음미하며 하루를 시작할 거라고. 친구에게 전화를 걸어 입에 맞는 음식이 준비된 풍경 좋은 식당에서 맛있는 점심도 먹으리라고. 마음껏 책을 읽다가 아무도 찾아오지 않을 집에서 홀로 잠이 들 거라고. 나를 둘러싼 고요와 평온을

다행한 불행

누릴 거라고. 분주히 일하는 사람들 틈에서 바쁠 일이 하나도 없는 사람으로, 당분간 그렇게 지내다가 일이 하고 싶어서 견딜 수 없을 때 천천히 하고 싶은 일에 관해 생각해보겠다고.

그야말로 터무니없는 상상이었다. 현실은 나의 철없음을 비웃었다. 내가 상상한 이혼자의 행복은 하나부터 열까지 주머니가 두둑하지 않으면 불가능한 것들이었다. 이혼에 관해 처음부터 다시 생각해봐야 했다. 좋은 운이 나를 피해 갔다고 불평할 게 아니라 상황을 이렇게 만든 나에게 책임을 묻는 시간을 거쳐야 한다고 생각하면서 흐트러지는 정신을 붙잡았다.

모든 걸 내 힘으로 해내야 했다. 잘 곳을 구하는 일도 분윳값을 마련하는 일도 전부 내 몫이었다. 등에 업혀 나만 바라보는 딸이 나를 겁 많은 여자이면서 동시에 겁 없는 여자로 만들었다. 분유를 해결하면 기저귀가 떨어지고, 간신히 기저귀를 채워놓으면 분유통이 비었다. 그럴 때마다 아이가 없었다면 훨씬 쉬웠을 거라는 생각을 비밀처럼 은밀히 했다. 그런 생각을 한 것만으로 미안해져서 딸의 얼굴을 똑바로 바라보지 못했다.

급한 일 하나를 해결하면 다른 문제가 또 터졌다. 말 그대로 첩첩산중. 드라마에서 봤던 똑 부러지는 이혼녀는 나와는 거리가 멀었다. 억척스럽지 못하다면 머리라도 잘 돌아갔으면 싶었다. 역경 속에서도 웃음을 잃지 않는 씩씩한 성격은 타고나야 하는 거니까 실망부터 하지 말자고 나를 다독였지만, 얼굴빛은 점점 어두워졌다.

불행 중 다행히 나는 지독한 모성애의 소유자였다. 자식을 위해서라면 도덕이고 윤리고 다 소용없는 막무가내 엄마가 될까 봐 두려울 정도였다. 아이를 먹이기 위해서라면 도둑질이라도 할 기세였다. 당시의 모성애는 아이를 책임진다는 차원을 넘어선 생존의 문제였다. 내가 독해지지 않으면 뜨겁고 말랑하고 침 흘리고 빽빽 울어대는 이 작은 존재는 죽을 수도 있다는 절박한 심정이었다.

○

하루하루를 버티던 어느 날 전화가 왔다. 통화 버튼을 누르고 수화기를 귀에 가까이 대기도 전에 H의 익숙한 목소리가 들렸다.

"불쌍한 년. 밥은 먹고 다니냐?"

H는 나에게 꼭 밥 한 끼를 사주고 싶다고, 그래야 자기 마음이 좀 편할 것 같다고 울먹이듯 말했다. 시간이 안 된다고 거절했지만 내 상황은 아랑곳하지 않고 굳이 삼성동에 있는 호텔로 나오라고 했다. 이 차림새로 호텔은 무슨 호텔, 분식집이나 가서 간단히 먹자는 내 말은 뚝 잘린 채 전화가 끊겼다.

H는 고급스러운 소재의 외투를 입고, 들고 온 명품 가방을 테이블 위에 올려놓고 있었다. 음식을 주문하기도 전에 한 시간 뒤에 가봐야 한다는 말부터 꺼냈다. 남편이 여기 헬스클럽에서 운동 중인데, 끝나면 남편의 동선을 따라 함께 움직여야 한다는 것이다. 친구를 만난다든가 그 외 다른 볼일은 허락하지 않는다며, "내가 사는 게 이래. 남들은 부자와 결혼해서 부럽다는데 모르고 하는 말이야" 하면서 손가락 끝으로 눈가의 눈물을 콕콕 찍었다. H는 그날 음식을 입에도 대지 않고 연신 미안하다는 말만 하다가 운동이 끝났다는 남편의 전화를 받고 황급히 자리에서 일어났다. 혼자

가 된 나는 자기 시간도 마음껏 쓰지 못하는 결혼에 대해 생각이 많아졌다.

H를 만난 건 이혼이 곧 불행을 의미하지는 않는다는 사실을 알았다는 점에서 의미가 있었다. 어디로 가야 할지 모르던 예전보다 내 삶의 방향을 스스로 정하고 걷는 지금이 훨씬 안정적일 수도 있다는 생각이 들면서 일상이 조금씩 제자리를 잡았다. 그때그때 할 수 있는 일에 최선을 다하다 보면 또 뭐가 되겠지, 하는 믿음이 마음속에 자리 잡기 시작했다. 돈은 아무리 벌어도 부족하고 아르바이트를 두 개씩 해도 전세방 한 칸 마련하는 것조차 까마득하지만, 어차피 미래의 모호함과 불투명성에 대한 준비와 설계는 완벽할 수가 없는 일 아닌가.

매일 아침 피곤한 몸을 이끌고 집을 나설 때면, 조금만 더 해보자며 희망과 용기의 힘을 애써 믿었다. 앞으로 내 삶에 행복이 올지 불행이 올지는 알 수 없지만 어떤 것이 오더라도 받아들이겠다는 마음이 생기기 시작했다. 힘들어지면 안 되고 불행해지면 안 된다는 이상한 신념이 사라지니까 오히려 적극적으로 살 수 있었다. 여전히 겁쟁이지만, 때때로 겁

다행한 불행

을 상실하는 사람, 허술하지만 마음 한구석에 독기를 품고 있는 사람. 나는 분명 전과는 다른 새로운 인간으로 거듭나고 있었다.

이혼녀가 되면
특기를 발견한다

결혼하고 불행해질 거라는 생각은 안 해봤던 것 같다. 부자
는 아니라도 평탄하게 살게 될 줄만 알았다. 남들이 자식 크
는 걸 보는 재미를 느낄 때쯤이면 나도 그러리라고 짐작했
고, 앞치마 입고 된장찌개를 끓이고 고등어자반을 구워서
나눠 먹고, 비린내를 없애려고 창문을 열어 환기하는 동안
커피를 내리는 장면 정도는 꿈꿔본 것 같다.

그러나 그즈음 밤마다 꾸던 꿈은 그런 소박함과는 거리
가 멀었다. 좋은 꿈이라고는 없었다. 총에 맞는 꿈, 칼에 찔
리는 꿈, 교통사고로 차가 산산조각 나는 꿈, 어둡고 낯선 산

에서 길을 잃는 꿈……. 잠을 자는 게 틀림없다고, 이렇게 놀랄 필요 없다고 꿈에서도 나를 안심시켰다. 꿈에서 나는 엄마와 살았던 성수동 집으로 돌아가고 또 돌아갔다. 그러다 번뜩 눈을 떠보면 잠든 아이 곁에 혼자 누워 있었다.

○

어긋나기 시작한 삶은 되돌리기 힘들었다. 남편이 카지노에 가져가 잃은 돈의 액수는 예상했던 것보다 컸다. 아이에게 이유식이라도 먹이려면 당장 월세방부터 알아봐야 했지만, 멀어지는 그를 잡아당기는 데 얼마 남지 않은 에너지와 시간을 썼다. 남편은 뭐에 씌지 않고서는 그럴 수가 없는 상태로 변했다. 도박하면서도 당당했고, 심지어 빈털터리가 된 것을 내 탓이라고 말했다. 바카라에 매달린 것이 잘못된 판단이 아니었다는 걸 증명하기 위해서라도 그는 가정과 자신의 미래를 희생하기로 마음먹은 것 같았다. 스치며 바라본 남편의 얼굴에서 희망이 없다는 걸 확인했다. 어쩔 수 없는 것은 어쩔 수 없는 것이었다.

내가 선택한 길 위에서 주저앉은 느낌이었다. 내가 만든,

그러나 원하지 않은 좌표 위에 서 있는 나를 누구보다 많이 혐오했다. 몇 층에서 떨어지면 죽을 수 있을까. 매일 죽는 방법을 생각하며 지내던 중 숟가락에 묻은 이유식을 힘껏 빨아 먹는 딸을 보고 정신이 들었다. 아직은 미치지 않아서 다행이라고 중얼거리며 구석에 밀어놨던 〈벼룩시장〉 신문을 들추기 시작했다. 어린 딸이 위태로운 내 삶의 이유가 되었다. 남편을 미워하고 원망하는 건 먹고살 궁리를 한 다음에 해도 늦지 않을 것 같았다. 며칠 후 미련 없이 집을 비워주고 아이를 등에 업은 채 낯선 동네로 가는 버스에 올랐다. 가방에는 인주도 채 마르지 않은 이혼 서류가 있었다. 나는 단번에 결혼 상태에서 빠져나왔고, 철없어도 안 되고 아파서도 안 되는 사람이 되었다.

그때부터는 삶을 실험하기 시작했다. 매 순간 이러지도 저러지도 못했으므로, 도무지 출구를 찾지 못하는 문제가 나를 짓눌렀기에 사소한 실험이라도 해야 했다. 이게 아니면 저거라도, 저게 아니면 또 다른 걸 찾았다. 산후조리원 청소, 아동복 판매, 대리운전. 아무거라도 상관없다는 마음으로 온갖 일을 했다.

술에 취한 사람이 무서워 부들부들 떨면서도 대리운전을 한 건 돈 때문이었다. 매일 재깍 들어오는 일당의 유혹은 강렬했다. 방금 운전을 끝내고 차 키를 돌려준 사람에게서 지갑이 없어졌다며 당장 오라는 전화를 받았을 때는 멀쩡한 사람을 도둑으로 모는 남자에게 눈을 부라리며 싸울 만큼 용감해졌다. 그렇게 운수가 나쁜 날이면 너는 지금은 아무 일이나 다 해보는 실험 중이라고, 네가 상상하는 나쁜 일은 일어나지 않는다며 일부러 목소리를 키워 엄정화의 노래 〈Festival〉을 불렀다. 이제는 웃는 거야 Smile again~ 행복한 순간이야 Happy days~ 움츠린 어깨를 펴고 이 세상 속에 힘든 일 모두 지워버려~ 슬픔은 잊는 거야 Never cry~!

노래를 부르며 걷다 보면 슬픔이 정말 사라지는 것 같았다. 내가 하는 건 일종의 체험 학습. 체험은 원래 일시적이며 곧 안정적인 직업을 갖게 될 거라고 여겼기에 힘든 일도 힘들게만 느껴지지 않았다. 처음 겪는 일들이 신기하고 재미도 있었다. 시작할 때는 하나부터 열까지 다 두려웠지만 끝나고 나니 두려움은 사라졌고, 그 자리에 오기 같은 게 차올랐다. 오기는 억눌리고 약한 나를 지키기 위한 최소한의 몸짓 같은 거였다. 늘 푸대접만 받게 마련인 돈 없는 이혼녀가 자기도 엄연히 살아 있는 인간임을 타인에게 인식시키기 위한 수단이었다.

그렇게 1년을 살다 보니 물질적으로 안락한 삶을 보장할 수는 없지만, 편안하고 즐거운 삶을 살 수 있으리라는 확신이 들기 시작했다. 다양한 체험 학습을 한 덕에 운전에 소질이 있다는 걸 알았고, 30분 동안 할 설거지를 10분 만에 끝내는 설거지의 달인이라는 사실도 알게 됐다. 말재주는 이대로 썩히기 아깝다고들 했다. 그렇게 발견한 특기는 살아가는 용기가 되어주었다. 그런 일은 없어야겠지만 또 망하더라도 뭐든지 할 수 있을 것 같았다. 이혼 후 처음으로 단잠을 자기 시작했다. 불면증은커녕 머리만 닿으면 이내 잠에 빠졌다.

다행한 불행

누가 불쌍한 여자인가

억지스러운 말 같지만, 솔직히 외로움은커녕 혼자 사는 게 재미있어지기 시작했다. 처음부터 아빠라는 존재가 희미했던 딸도 다행히 아빠를 찾지 않았다. 스스로 운명을 개척해 나가는 강인함은 없지만, 적어도 나는 주어진 삶을 받아들이며 살아가는 사람이었다. 모든 선택에 책임이 따랐어도 내가 고르고 정하고 감당하는 모든 일이 삶의 의욕을 불러일으켰다. 지금부터 5년을 일하면 차를 사고, 거기서 또 10년을 더 고생하면 집도 살 수 있겠다는 희망도 품었다. 생각지도 못한 일들이 불행의 가면을 쓰고 사방에서 빵빵 터졌지만, 돈이 없어서 자식을 굶길 뻔했던 경험이 나를 어지간한 불행에는 눈썹 하나 까딱하지 않는 사람으로 만들어주었다. 어떤 나쁜 일이 닥치더라도 이겨낼 자신이 있었다. 헛똑똑이가 이혼했다고 갑자기 똑똑해진 것도 아니고, 없던 지혜가 하루아침에 생긴 것도 아니었다. 내 생의 생기는 바로 독기였고 고독이었다. 누구도 대신해줄 수 없는 삶.

내 손으로 형광등을 갈고 도배를 하고 막힌 변기를 뚫었다. 부당한 대우에는 핏대를 세워 물불 가리지 않고 싸웠다. 매일 아침 싸구려 비타민 C를 와작와작 씹으며, 독하지 않으면 내 아이가 힘들어진다고 되새기며 눈에 힘을 주었다.

○

누구나 인생의 어느 시기에 내린 판단이 적절하지 않았다고 생각될 때가 있다. 그렇더라도 보통은 열심히 노력하면 되돌리거나 만회할 수 있다. 하지만 배우자와 헤어지는 일은 아니었다. 특히 아이가 있으니 헤어진 배우자를 인생에서 완전히 지우고 사는 건 불가능했다. 헤어진 남편을 떠올리게 하는 건 힘든 상황이 아니라 사람들의 말이었다.

다행한 불행

애 딸린 이혼녀. 신용불량자.

그들의 말에 따르면 나는 사회적 약자였고 불쌍한 여자였다. 늘 스스로 해결하는 여자. 커튼도 혼자 달고 가구도 혼자 옮기고 이사도 혼자 하는 여자. 돈벌레만은 스스로 죽일 수 없어서 옆집 남자에게 죽여달라고 부탁했다가 거절당한 여자. 냉장고 안에서 말라가는 음식 재료를 가지고 반찬 두 개와 찌개 한 뚝배기를 만들 수 있는 여자. 당장 쓰레기통에 버려도 이상하지 않을 재료에 잔머리를 얹어 국적 불명의 요리를 만드는 데 15분밖에 걸리지 않는 여자.

그런 나를 두고 사람들은 쉽게 말했다. 겉보기와는 달리 생활력이 강하고 부지런하다고, 억세다고, 살려고 발버둥 친다고. 심지어는 무섭다고 하는 사람도 있었다. 드센 여자로 보일수록 사람들은 나를 불쌍한 여자로 생각하는 것 같았다. 짐작하건대 나에게는 가만히 지켜보기에 불편한 불쌍함과 가까이하기엔 두려운 억셈이 있었나 보다.

○

내 편이 돼줄 거라 믿었던 사람들이 가장 먼저 등을 돌렸다.

그들 눈에는 내가 불행의 대표자였기에 자연스레 나에게서 멀어지고 싶은 것 같았다. 누군가에게 이혼은 문제 상황이었고 삶이 망가진 것처럼 느껴지는 모양이었다. 자신들은 평범하고 올바르게 살아서 행복이 특권으로 주어졌다고 믿는 걸까. 자신에게 일어나지 않는 일이 남에게 일어났을 때 자세한 내막을 알려고도 하지 않고 그저 '그럴 만했겠지!'라고 성급히 결론 내리는 것 같았다. 자신의 결혼 생활은 문제없으니까, 앞으로도 이혼 같은 나쁜 일이 생기지 않을 거라고 믿는 눈치였다.

나는 커다란 칼을 옆구리에 찬 장군처럼 씩씩하다가도 "그러게, 내가 그 사람 처음부터 별로라고 했잖아. 애초에 가정환경을 철저히 살폈어야지. 누가 그렇게 귀신에 쫓기는 사람처럼 급하게 결혼하래?"라는 말을 들을 때만큼은 어쩔 수 없이 마음이 약해지고 쓸쓸해졌다. 힘든 상황을 씩씩하게 견디는 모습을 봐주기보다는 지난 선택에 대한 잘못을 들춰내는 지인들을 피하느라 점점 외톨이가 되었다. 친구의 인생이 충격적이고 본인 능력으로는 도저히 해석이 안 된다면 차라리 입을 다물어주면 좋으련만, 되레 자기들끼리 만

나서 걱정을 빙자한 뒷담화를 한다고 다른 친구를 통해 전해 들었다. 내 삶을 스캔들로 만드는 친구들을 하나둘 피하다 보니 주변에 친구가 없어졌다.

어릴 때는 나도 사람의 말에 자주 영향을 받았다. 옳고 그름에 집착했고 좋아하는 사람들의 말에는 일희일비했다. 그랬던 내가 다른 이의 말과 평가에 흔들리지 말자고 다짐하고 있었다. 나에게는 인생을 흔들 만한 엄청난 일이 남에게는 별것 아닌 일로 치부되는 경우를 겪고 나서는 타인의 말에 신경 쓰기보다 내 삶을 가꾸는 데 마음과 시간을 썼다. 내 삶에 대해 함부로 말하는 사람들에게 상처받았기 때문에 타인의 삶을 대하는 태도에도 신중함이 생겼다. 그렇게까지 신중할 필요가 있냐고 되묻는 사람들도 있긴 하지만, 이런 문제야말로 지나칠수록 좋다고 생각하며 산다.

니체의 질문

아르바이트를 끝내고 집에 도착했을 때였다. 집 앞 골목에 웬 남자가 서성이고 있었다. 얼핏 볼 땐 어딘가 쓸쓸한 분위기였는데, 찬찬히 살펴보니 얼굴과 차림새가 궁상스럽기 그지없었다. 며칠째 세수를 안 한 듯 꼬질꼬질했고 머리는 감은 지 족히 두 달은 돼 보였다. 머리카락은 떡처럼 한 덩어리로 뭉쳐 있었다. 키가 컸고 살집이 하나도 없이 말랐다. 외투는 돌돌 말아 베개로 쓰다가 오늘 아침에서야 펼쳐 입은 것처럼 구겨졌고, 비라도 쏟아지면 온몸에서 땟국물이 뚝뚝 떨어질 것 같았다. 들고 있는 짝퉁 아디다스 가방은 길에서

다행한 불행

주운 게 분명해 보였다. 사연이 있어서 객지를 오랫동안 떠돈 남자가 아니라면 여윳돈 없이 6개월 이상 배낭여행을 한 사람처럼 보일 만도 했다.

저 사람이 왜 우리 집 앞에 서 있지?

의아해서 더 자세히 살펴보니 서 있는 모습이 위태로워서 당장 병원으로 가서 링거 바늘이라도 꽂아줘야 할 것 같았다. 그 이상하고 꾀죄죄한 남자가 어색한 표정을 지으며 내 쪽으로 점점 다가왔다. 느낌이 이상했다. 가까이 다가올수록 왠지 아는 사람 같았기 때문이다.

○

자존심을 모조리 버리겠다는 작정을 했을 것이다. 그 정도 결심도 없이 5년 만에 이곳으로 오지는 않았을 것이다. 그는 자기를 받아달라며 끈질기게 매달렸다. 나는 매일 이해를 갈구하는 소년의 눈빛을 봐야만 했다. 그러나 나는 늙은 소년을 받아줄 상황도 아니고 그럴 마음도 없었다.

"집에 들어가면 안 될까?"

갑작스럽고 돌연하고 단호하기까지 한 그의 말에 나는

환청을 들은 줄 알았다. 나 혼자 잘 살자고 도박했던 건 아니다, 그러니 받아달라. 그렇다면 먹여 살릴 처자식이 없었다면 도박을 안 했을까. 딸의 안부가 궁금했느니 미안하다느니 하는 핑계는 그만 대고 이제 와 이러면 어쩌자는 건지 내가 납득할 만한 말을 하라고 다그치려는데, 까맣던 귀밑머리가 백발이 된 걸 발견하고 그만 말문이 막혔다. 바람이 부는 방향대로 그의 머리카락이 뒤집히고 있었다. 나도 그쪽으로 휩쓸리는 걸 느끼면서 본능적으로 위험한 순간임을 감지했다.

○

"집으로 찾아오는 걸 보고만 있어? 설마 다시 살려는 건 아니지? 그 꼴을 왜 다시 보려고 해. 이번 참에 아주 인연을 끊어야지. 왜 멍청이처럼 당하고만 있어."

내 처지를 아는 사람들은 모두 비슷한 말을 했다. 경험이 없는 사람은 쉽게 조언한다. 조언자들의 말에는 네가 그렇게 흐릿하게 구니까 당하는 거라는, 일이 이렇게 된 데에는 너에게도 책임이 있다는 암시가 들어 있는 것 같았다. 그럴 때마다 나는, 머리로는 알지만 마음으로는 해결하지 못하는 문제도 있어, 라고 속으로만 대답했다.

그가 다시 나타난 후 도리질하는 버릇이 생겼다. 틈만 나면 혼자 묻고 혼자 대답했다. 질문은 일종의 의심이었다. 측은지심일까? 이 사람을 아직 사랑하는 걸까? 그동안 남편이 없어도 잘 살았고 심지어 홀가분하기까지 했었는데 그게 다 착각이었나? 남편의 자리에 다른 누군가가 필요하던 참에 그 사람이 나타나서 마음이 흔들리는 걸까? 그것도 아니면 남편이 없는 상태를 갑작스럽게 견딜 수 없어진 건가? 결국 뻔한 소속감 때문인가? 혼자서도 잘 살았으면서 별것도 아닌 소속감을 얻기 위해 힘들게 버텨온 지금까지의 삶을 포기한다면 나에게 실망이 이만저만이 아닐 텐데.

잠깐이라도 이런 생각을 하고 있는 내가 한심해서 견딜 수 없었다. 짧은 만족, 티끌같이 작은 무언가를 얻기 위해 커다란 대가를 치르게 될 수도 있다고 나 자신에게 협박도 했다. 물론 함께 산다고 꼭 사랑하는 관계여야 할 필요는 없고, 사랑이 없으면 반드시 헤어져야 한다는 법도 없지만, 내가 상대를 미워하거나 부정하면서도 함께 살아야 한다면 그럴 만한 이유가 있어야 했다. 단지 아이에게 상처를 안겨줄 수 없어서, 혼자 먹고사는 게 힘들어서 따위의 이유로 그를 받아들일 수는 없었다. 지금보다 덜 고갈되려면 그 사람과 살고자 하는 나만의 의미를 찾아야 했다.

○

힘든 일이 생기면 신을 찾는 게 아니라 신을 믿지 않는다는 말을 했다. 그 말을 하는 순간, 늘 자신감이 없었다. 진짜 무신론자에겐 신이라는 개념 자체가 없을 것이므로 신이라는 단어조차 입에 올릴 이유가 없다는 걸 알기 때문이다. 그러나 무의식의 깊은 곳에 있는 나는 늘 신에게 기도하고 있었을지도 모른다.

사랑도 같은 맥락이다. 사랑이 지긋지긋하다거나 사랑을 믿지 않는다고 말했지만, 사실 나는 누구보다 사랑을 믿고 싶은지도 모른다. 약지 못하고 멍청한 나는 사랑이라는 놈이 몸집을 부풀리는 것을 감당하지 못할 게 불 보듯 뻔하니까, 지레 겁을 먹고 사랑 같은 건 믿지 않는다고 일찌감치 선언하는 것이다. 그렇게라도 해야 과거로 돌아가는 것을

다행한 불행

막을 수 있고 다가오는 사랑 앞에 바리케이드도 칠 수 있다고 믿는 것이다. 그 시절은 정말이지 튼튼한 바리케이드가 필요했다.

○

내가 그때 남편을 받아들이지 않은 이유는 확실하지 않다. 문제가 있는 사람과 다시 함께할 필요가 없다고 생각했는지, 한 번 아닌 사람은 두 번째도 마찬가지라고 생각했는지 잘 모르겠다. 생계 걱정이나 다른 고민거리에 밀려 재결합 같은 건 중요하지 않았을 수도 있다. 아니면 나는 운이 나빠 똥물을 뒤집어썼을 뿐, 나중에는 꽃길을 걸을 수도 있으니 여기서 주저앉으면 안 된다고 다그쳤을지도 모른다. 공교롭게도 그즈음은 내가 니체의 철학에 조금씩 빠져들기 시작한 때였다. 우연히 읽은 책에서 니체가 결혼할 때 자신에게 꼭 해야 할 질문을 알려줬다.

"이 사람과 늙어서까지 대화를 잘 나눌 수 있을까?"

니체의 질문은 내게 도끼가 되었다. 그 사람과 대화가 잘 안된다는 사실을 잊고 있었다. 어쨌거나 고민의 시간이 무색할 만큼 결론은 빠르고 단순하게 났다. 내 답은 단호하게 '노'였다.

그러나 지금 와 생각해보면 대화가 되니 안 되니 하는 것도 거절하기 위한 명분이었을 뿐이다. 그때는 입에 풀칠하기 바빴고, 그래서 사람 자체가 구속이나 속박같이 느껴지지 않았나 싶다.

결국 여기까지 왔다

내게 거절당한 이후부터 그는 특별한 날에만 나타났다. 딸
의 생일을 용케도 기억하고 있다가 아빠 역할을 했다. 아이
에게 전화를 걸어 자신의 존재를 알리고 우리의 근황을 살
폈다. 1년에 한두 번 만날 때마다 행색은 여전히 남루했고
마땅한 거처도 없어 보였다. 한눈에 봐도 직업을 정하지 못
하고 일용직을 전전하는 것 같았다.

일당을 받는 일은 어지간히 독하지 않으면 목돈을 모으
기 어려울 텐데, 하루 벌어 세끼 밥 사 먹으면 남는 돈이 없
을 텐데, 한 달에 한 번 고시원비 내기도 벅찰 텐데, 하는 생

각이 들었지만, 자식을 만나겠다고 오는 사람을 말리기는 어려웠다. 아이를 만나면 적은 액수지만 꼭 용돈을 주고 함께 밥을 먹으며 아빠의 사랑이 건재함을 보여주려는 것 같았다.

딸의 생일날 학교 사물함에 겨울 스웨터를 놓고 갔다는 말을 들은 날은 마음이 아프면서도 복잡했다. "아니, 그럴 돈을 모아서 편하게 잘 방을 구해. 이제 당신도 살 궁리를 해야지"라는 말을 목구멍으로 밀어 넣는데 눈가에 눈물이 맺혔다.

○

고열로 정신을 못 차리던 겨울밤, 골목 쪽으로 난 반지하 방 창문을 두드리는 소리에 놀라 잠에서 깼다. 다급한 목소리가 들렸다.

"당신 아프다며? 아픈데 병원도 못 갔다며?"

그가 아이와 통화를 하고 내가 아프다는 걸 알게 됐다면서 한밤중에 약을 사 온 것이다. 약을 먹으면서 3일 내내 엉엉 울었다. 아파서 혼자 끙끙대는 내 처지도 눈물의 이유였

다행한 불행

지만, 이혼한 전 마누라의 감기약을 사서 창문으로 넣어주면서도 집으로 들어가면 안 되냐고 차마 묻지 못하고 발걸음을 돌리는 그의 상황이 말할 수 없이 안타까웠다. 있을 때 잘하지, 지나간 인연에 웬 정성을 이리도 쏟는지. 이런 식으로 나를 흔들지 말고 자기 앞가림이나 했으면 싶었다.

○

지극정성은 그렇게 15년이나 이어졌다. 저러다 말겠지 했는데 예상보다 끈질긴 사람이었다. 게다가 그는 기다림이라는 것에 재능까지 있었다. 더 잘하려고 애쓰지 않았고, 안 되는 상황을 되게 만들려고 무리수를 두지도 않았으며, 내 인생에 함부로 끼어들지 않았고, 반발심이 생길 정도로 참견하지 않았다. 그저 본인이 할 수 있는 것을 했다. 그의 꾸준함과 적절함은 내 마음에 균열을 만들어내기 시작했다. 자신이 할 수 있는 것만 하는 것, 딱 거기까지만 하는 것이 그의 장점이자 치명적인 단점이라는 건 많은 시간이 흐르고 나서야 알게 됐다.

내 앞에 수용과 인정 두 가지 길이 보였다. 그를 인정하는 것과 수용하는 것, 그 둘 사이에는 상당한 거리가 있었다. 인정은 더 이상 어떤 상황이나 사실을 부정하지 않는 것이다. 인정했더라도 수용은 못 할 수 있다. 수용은 어떤 상황을 인정하고 완전히 받아들인다는 뜻이므로. 나는 그가 자신이 저지른 실수를 후회하고 뉘우친다는 것을 인정했다. 하지만 그 실수로 인해 생긴 문제까지 완전히 수용하기는 힘들었다. 막상 겪어보니 수용은 다른 층위의 문제였다. 남편의 상황을 알고는 있지만, 내 능력으로 도와주는 데 한계가 있을 때의 고통은 생각보다 컸다. 그것을 완벽히 받아들이지 못하니 슬프고 괴로웠다.

길고 긴 고민 끝에 모든 걸 수용하고 살아가는 방법을 택했다. 아직 갚아야 할 빚이 있고 이렇다 할 직업이 없는 그를 그대로 받아들이기로 한 것이다. 또다시 운명에 나를 맡긴 것이다. 마음을 정해버리니 오히려 홀가분한 기분마저 들었다.

○

남동생이 작두를 타는 박수무당처럼 펄펄 뛰었다. 동생의

다행한 불행

눈에는 모호하고 불투명한 곳으로 몸뚱이를 다시 밀어 넣으려는 누나가 보인 것이다.

"제발 정신 차려! 무려 20년이야! 그 고생을 해서 이제 집도 마련하고 살 만해졌는데 뭐 하러 다시 고생을 자처해!"

동생은 내가 아직도 정신을 못 차렸다고 했다. 나는 눈물까지 그렁그렁한 동생을 설득했다. 나는 사랑할 수 없는 사람을 억지로 사랑하려는 게 아니라 받아들이는 거라고, 전남편의 부족함과 적응할 수 없는 기질에 온갖 억지스러운 의미를 부여해서 다시 사랑에 빠지려는 것이 아니라고, 나에게 닥쳐오는 파도를 맞아들이겠다는 각오가 섰다고, 무엇보다 다시 가족이 되기 위해 15년이나 노력한 그를 모른 척하기 힘들다고.

마지막 말은 끝내 하지 못했다. 동생의 한숨 소리가 너무나 컸기 때문이다.

○

어차피 큰 파도가 밀려올 것을 안다. 도망치고 끌려다니지 말고 파도가 오는 것을 똑바로 보면서 그 위에 올라타야 한다. 남편은 앞으로도 나를 힘들게 하는 사람일 수도 있다. 생각지도 못한 어떤 이유로 가족을 힘들게 할지 알 수 없다.

그런데도 함께하기를 선택했다면 불행을 입에 달고 살지 말자고 다짐했다. 남편을 변화시켜 삶을 바꿀 생각을 한다면 그동안 해온 인생 공부는 빵점이라고 생각했다. 재결합하면 사랑이나 희망 같은 단어로 표현할 수 없는 다른 차원의 삶이 펼쳐질 거로 생각할 만큼 철없을 나이도 아니었다. 타인을 필요로 하는 방식은 아니면서 내가 만족스러운 삶을 살려면 어떤 노력이 필요한지, 차라리 그런 고민을 하는 게 낫다고 생각했다. 그러면서도 매일 밤, 지금 내린 판단이 적절하지 않았음을 인정하는 일은 없어야 한다고 중얼거렸다. 어쨌든 나는 인생을 지나치게 복잡하게 만드는 사람이었다.

다행한 불행

제삼의 인물이 나타났다

시간이 어느 정도 지나야만 알게 되는 것이 있다. 대표적으로 나 자신이다. 살아오면서 자의에 의해서든 타의에 의해서든 여러 겹의 가면을 썼기 때문이다. 그러다 어느 날 운전을 하다가 문득 내게서 어떤 가면이 벗겨졌고, 이어서 인생이 다시 망가질 수도 있다는 깨달음이 왔다. 남편과 다시 시작해보기로 마음먹었을 당시 내가 했던 판단들이 나에게조차 납득되지 않기 시작했다. 남편과 살면 어려운 점이 많을 거라고 예상했지만 이렇게 빨리 후회하게 될지는 몰랐다.

20년 만에 다시 한 지붕 아래 살게 된 남편은 처음 결혼했을 때의 그 사람이 아니었고, 이혼하고 나서 내 주변을 배회했을 때의 그 사람도 아니었다. 완전히 다른, 제삼의 인물이 되어 나타났다. 사람이 아주 딴판이 되어 있었다. 처음 겪어보는 인물이라 새롭긴 했지만 그만큼 낯설기도 했다. 객지를 떠돈 세월이 길어서인지 몸과 마음이 많이 상한 상태였다. 품위가 느껴졌던 점잖은 사람은 온데간데없고 말과 행동이 거친 고주망태가 눈앞에 앉아 있었다.

명백히 알코올중독이었다. 술을 마셨을 때는 눈에 뵈는 게 없는 사람처럼 의기양양하고 마음에 안 드는 일이 생기면 길길이 날뛰는 짐승이었다. 그러다 다음 날 아침 술이 깨면 주눅 든 사람처럼 눈치를 봤다. 하루도 빠짐없이 인사불성이 되는 그를 보며 삶에는 애초에 바닥 같은 건 없었던 게 아닐까 생각했다. 바닥이라고 생각하는 순간 또다시 바닥으로 떨어져버리는 게 내 인생 같았다. 이 집에 들어오기 전에 자존심이나 자존감 같은 것들을 길바닥에 떨어뜨리고 온 것은 아닐까 의심스러웠다.

남편이 잃어버리고 온 그것들을 다시는 찾지 못하게 될 수도 있다는 생각이 들자 두려움이 엄습했다. 이제 내가 할

다행한 불행

수 있는 건 멀리서 오는 최악을 기다리는 것일까? 지금이라도 다시 끝내? 암 투병이 너무 힘들어서 잠시 정신이 나갔었다고 할까? 눈 딱 감고 다시 미친년이 되고 말아?

하루에 몇 번씩 마음이 달라졌다. 미친 짓이라며 우리의 재결합을 말린 사람들의 얼굴이 떠올랐다. 한편으로는 어쨌거나 이 일을 주도한 사람이 나니까, 한 번 실패는 두 번의 실패로 이어진다는 사람들의 관습적인 판단을 밀어내고 싶다고, 다시 잘해보리라고 다짐한 날도 있었다. 그러다가도 이제는 정말 생각을 달리해야 할 때가 온 것 같아서 마음이 조급해지기도 했다. 그러나 자신이 없었다. 끝을 내는 데쓸 에너지가 남아 있지 않았다. 어떤 식으로 결론을 내더라도 감당할 일만 쌓이게 될 게 뻔했다. 딸애한테는 또 뭐라고 말할지, 그 생각만으로도 머리가 터질 것 같았다. 갈 데도 없는 사람을 다시 내보내려면 얼마를 줘야 할지 헤아리며 뻔한 금액이 들어 있는 통장의 잔고를 확인하고 또 확인하다가 화가 치밀었다. 위자료를 받아도 시원찮을 판에 내가 돈을 줘야 한다고 생각하니 억울함이 밀려왔다. 돈 생각을 하는 걸 보니 아직 견딜 만하구나. 재결합에 대한 고민을 조금 더 끈질기게 했다면 얼마나 좋았을까. 상황을 이렇게 만든 나라는 인간이 지긋지긋했다.

이러지도 저러지도 못하는 사이에 시간만 흘러가고 있었다. 어느 날은 남편이 너무 미웠고, 며칠 지나고 보면 또 불쌍하기 그지없었다. 체념과 분노가 정신없이 교차했다. 분노가 극에 달했을 때는 잠든 남편을 보면 패고 싶은 마음이 치솟았다. 매일 아침, 내 삶이 수렁으로 곤두박질치는 꿈에서 깨며 눈을 떴다. 가만히 있다가도 불쑥 눈물이 났고, 어쩌면 내가 바보가 된 건 아닌지 의심스러웠다.

○

지금도 그런 편이지만 내 주변에는 인생에 어려운 일이 생길 때마다 두 손을 맞잡고 기도부터 하는 순수한 사람들이 많다. 그들은 내 불행의 일부를 듣고도 참고 살아야 할 이유를 찾아주느라 분주했다. 어디선가 주워들은 최악의 남편들을 소환해주기도 했다. 최악의 남편들이 그렇게나 많다는 사실도 놀랍고, 그런데도 여전히 그들이 부부로 산다는 것에 동질감을 느꼈다. 남편이 알코올중독이어도 살아야 할

　　　　　　　　　　　　　　다행한 불행

이유가 있고, 그 사람이 아내와 아이들을 때려도, 심지어 결혼 생활의 반 이상을 백수로 지내도, 시어머니가 정신병자가 아닐까 의심스러워도 참아내는 여자들에 관한 이야기가 흘러나왔다. 그런 얘기를 들을 때마다 지금 내 집에서 일어나는 일과 비슷하다는 건 차마 말하지 못했다.

그런 종류의 이야기 끝엔 항상 돈이 있었다. 대기업 임원이고 연봉이 높으면 참아줄 만하다고. 정말 그럴까? 나는 할 말을 점점 잃어갔다. 사람들이 참을 만하다고 여기는 조건에 일치하는 것조차 내게는 없었기 때문이다. 나의 경우는 누가 봐도 참으면 안 되는 상황이었다. 진짜 끝인가. 말로만 듣던, 결혼에 두 번 실패한 여자가 되는 건가.

"안녕, 우리 이제 헤어져. 바람처럼 그렇게 없어지자. 먼 곳에서 누군가가 북극곰을 도살하고 있는 것 같아"라고 말했던 허수경 시인의 시 〈수수께끼〉의 구절을 떠올리며 내 인생이야말로 수수께끼라고 생각했다.

O

사랑의 본질이 어떤 것이든 그것이 우정과 비슷하면 좋겠다고 생각한 적이 있다. 남편과 다시 살게 되면 사랑으로 사는 것이 아니라 우정으로 살겠다고, 그러면 서로에게 주는 상처는 최소화되고 공감은 최대치가 될 거라고 희망적으로 생각했다.

내가 재결합을 통해 욕망한 것이 무엇인지, 지금도 알지 못한다. 변할 수 없는 사실은 커다란 대가를 치르는 선택을 했다는 점이다. 남편과 함께 살아야 하는 이유와 의미를 새롭게 갱신하고 찾지 않으면 우리 관계는 진짜 돌이킬 수 없게 된다는 위기의식만 또렷해졌다. 이 모든 난감한 일을 함께 저지른 남편과 나에 대해 더 알아야 했다. 헤어지고 말고는 그다음 문제였다.

다행한 불행

알코올의존증 1

술 이야기를 시작하려니 자포자기에 빠져서 본격적으로 마시게 된 날이 기억나네. 그날 주머니에는 겨우 소주 한 병을 살 수 있는 돈만 남아 있었지. 홧김에 술을 먹는 사람은 적당히 홀짝대지 않는 법이야. 정신없이 들이붓다 보면 자신에게 정나미가 떨어지고 정신적으로 피폐해져서, 이왕 이렇게 된 거 가는 데까지 가보자는 마음이 들게 돼.

술이 주는 편안함은 실로 대단하지. 술은 고된 하루를 씻어내리는 따뜻한 목욕물 같은 거야. 인생에 찾아오는 불만과 불안을 알코올과 함께 날려버릴 수 있지. 절망의 연속인

삶에 직면할 때마다 느끼는 남자의 패배감을 당신은 짐작조
차 못 할 거야. 당신도 알다시피 내 인생이 술 없이 살 수 있
는 인생은 아니었잖아? 나에게 술은 고통을 잠재우는 진통
제 같은 거라고.

여보, 내가 이렇게까지 말하지 않으려고 했는데 당신이
나를 믿어주지 않으니 할 수 없군. 몇 푼 되지 않는 돈을 벌
기 위해 사람들에게 고개 숙였던 많은 날을 생각하면 그까
짓 술 몇 병쯤은 고생한 나에게 주는 선물 정도로 여겨도 되
지 않을까? 이 정도면 모든 사람이 수긍할 수 있는 자기 위
안법이잖아. 만약 다른 방법을 찾았다면 나는 아마 그걸 선
택했을 거야. 그러나 안타깝게도 지금까지 그런 걸 찾지 못
했어.

그래, 당신 말대로 술에 찌들어 지낼 때가 있었지. 그렇다
고 나를 이렇게 못 믿다니. 술에 취해 저지른 크고 작은 사
건들이 있었다는 거 알아. 내가 당신에게 한 짓은 욕을 먹어
도 할 말이 없어. 술에 취해 살림을 집어 던지고 당신에게
폭력을 쓴 적도 있었지만, 그건 정말 실수였어. 내가 원래 그
런 사람이 아니라는 건 누구보다 당신이 잘 알잖아. 술기운

다행한 불행

으로 가까운 사람들을 모욕하고 가끔 길에서 잠이 들기도 했지만, 그 정도는 웃어넘길 수도 있지 않아? 솔직히 말해서 내 기억에는 없는 일이기도 하고.

내가 이렇게 말하면 당신은 꼭 그러더라. 술을 마시기 위한 최소한의 전략을 만드는 거라고. 술에 관한 이야기를 할 때면 별것 아닌 듯 농담으로 얼버무리면서 거짓말을 한다고. 제발 그렇게 말하지는 마. 당신이 그런 식으로 말하면 나는 또 술이 당긴다고.

당신은 내 모습이 변하는 이유가 술 때문이라고 말하는데, 그건 아니지. 남들보다 마음고생을 많이 했고 그저 나이가 들어 늙은 것뿐이야. 내 나이에 이 정도로 늙지 않은 남자가 어디 있어? 당신이 기억을 못 하는 모양인데 나는 애초에 눈빛이 맑지는 않았다고! 안 그래? 절대 술 때문이 아니라니까?

그리고 당신! 어떻게 그런 말을 할 수가 있어? 방금 씻고 나온 사람에게 막걸리 냄새가 난다니. 그런 억지는 제발 부리지 마. 당신이 나를 조금만 너그럽게 봐줄 수는 없어? 힘든 인생 잠시나마 술로 즐거움을 찾으려는구나, 이 인간이 오죽하면 저럴까, 하고 말이야.

여보, 나는 지극히 정상적인 궤도를 돌고 있는 거라고. 어 딜 봐서 중독자라는 거야. 마셔봤자 막걸리 한 병 아니면 두 병이잖아. 그래, 매일 마시기는 하지만, 그걸 가지고 알코올 중독자라고 단정 지을 수는 없는 거 아닌가? 그리고 근래에 는 음주량도 많이 줄였잖아. 그게 그렇게 쉬운 일인 줄 알 아? 그러나 결국 해냈잖아. 시도를 안 해서 그렇지, 마음먹 고 실행에 옮기기만 하면 양은 충분히 줄일 수 있다니까? 물 론 당신과 한 약속을 못 지키는 날이 많았지만, 아니 여보, 그렇게 눈을 부라리지는 말고.

그래, 그래. 솔직히 말해서 당신과의 약속을 가볍게 생각 했어. 그런데 사람이 어떻게 처음부터 완벽할 수 있겠어. 여 러 번의 실패 끝에 성공하는 게 당연한 거잖아. 그 정도는 당신이 이해해줘야지. 안 그래?

여보, 술은 내 안의 모든 모서리를 깎아 둥글게 만들어줘. 1,600원짜리 막걸리로 얻을 수 있는 게 얼마나 어마어마한 지 당신이 알아? 애드벌룬처럼 부풀어서 하늘을 둥둥 떠다 니는 기분이 들어. 여보, 앞으로 내가 정말 잘할게. 이상한 병에 걸려 당신 괴롭히지 않을게. 당신이 걱정하는 것처럼 간경화 같은 병은 걸리지 않을 거야. 알다시피 내가 당신보다 건강하잖아. 나는 그렇게 약한 인간이 아니야. 지극히 정상적으로 술을 즐기려는 것뿐이야.

흠……, 당신 말대로 이놈의 술, 언젠가 끊어야겠지. 하지만 술이 없으면 무슨 낙으로 살지? 나는 그 생각만 하면 벌써 우울해. 그러니까 막걸리 한 병만 사면 안 될까?

알코올의존증 2

오늘은 나도 한마디 해야겠어. 생각 같아서는 욕을 한 무더기 퍼붓고 싶은데, 욕도 기운이 있어야 하는 거더라. 요즘엔 세상을 다 때려 부술 정도로 누군가를 원망하고 미워하는 게 내 적성에 맞는 게 아닌가 싶어. 소름 돋는 게 뭔 줄 알아? 필름이 끊기고 시체처럼 누워서도 네 얼굴이 즐거워 보이는 거, 정말 이해가 안 되고 무서워. 맨 정신이라면 절대 하지 못할 부끄러운 짓을 하고도 뭐가 재밌는지 우스꽝스러운 표정을 짓는 너를 보면 입이 떡 벌어져.

처음엔 즐기려고 마시는 것 같았는데 주량을 넘어가면

자신이 즐거운지 어떤지도 모르는 것 같았어. 다음 날 멀쩡한 얼굴로 해장하는 모습을 보면 정말이지 기가 막혀. 내가 가장 견딜 수 없는 건, 술 마시고 저지른 일을 에피소드 정도로 생각한다는 거야. 술로 인해 생기는 크고 작은 사건을 모두 부차적인 일로 여기는 것이 참 놀라워. 그렇게 생각하지 않으면 본인 스스로 못 견딜까 봐 그러는 건가? 선풍기를 던진 날 기억나지? 내가 맞불 작전으로 에어컨을 던지지 않은 이유가 설마 힘이 없어서겠어? 다음 날 네가 집어 던진 물건의 잔해를 바라보며 놀란 표정을 하면 나는 어떤 표정을 지어야 할까? 그저 저 얼굴 안 보려면 이 세상에서 사라져야 하는 건 네가 아니라 나라고 생각하게 되지. 잘못한 건 아는지 그길로 나가서 선풍기를 사다가 내 얼굴에 자연풍 쐬주는 걸로 미안함을 표시하는 거, 설마 나 웃기려고 그러는 거니? 진짜 말이 안 나온다. 너는 선풍기를 먼저 사 올 게 아니라 제대로 된 사과부터 해야 했어.

너는 종일 술만 생각하니? 분위기가 좋아서 마시고, 낮술이라서 마시고, 즐거우니까 마시고, 우울해서 마시고, 사람이 좋아서 마시고, 한가해서 마시고, 배고파서 마시고. 술 앞에서는 나와 한 약속 같은 건 생각나지 않는 거니?

　나는 매일 봤어. 술이 술과 너를 한 번에 삼키는 장면을. 밤이고 낮이고 집 앞으로 찾아와서 받아달라고 난리 칠 때 알아봤어야 하는데. 그때도 매번 술을 먹고 왔을 텐데 왜 그걸 몰랐을까. 안타깝게도 너는 더 나쁘게 변했어. 어느 날부터는 자기가 무슨 일을 저질렀는지 되짚어보는 시늉도 없어졌거든. 후회조차 없는 네 모습을 보면 내면이 죽어가고 있는 것 같아서 서글픔이 밀려와. 사람들이 너와 술을 마시지 않는 이유를 정말 모르니? 똑같은 주정뱅이라면 모를까, 세상에 주정뱅이랑 술을 마시고 싶은 사람이 어디 있겠니?

　술에 취한 너와 술이 깬 너는 완전히 다른 사람이야. 술을 마시는 너는 엄청나게 힘이 센 괴물이야. 술에 취한 너는 맨정신인 너를 항상 이겨먹지. 너는 술 마시려고 시도하는 자신에게도, 술 마시고 실수하는 자신에게도 지나치게 너그러워. 숙취 탓에 물조차 마실 수 없는 날이면 넌덜머리가 난다는 듯 고개까지 흔들면서 금주를 선언하지만, 그런 결심을 했다는 사실을 잊는 데는 이틀이 걸리지 않지. 다음 날 술병을 들고 와서 식탁 위에 올려놓고 배시시 웃는 너를 정말 어

　　　　　　　　　　　　　다행한 불행

쩌면 좋을까. 난 대체 전생에 무슨 죄를 지은 걸까.

마음만 먹으면 끊을 수 있다고 장담하지만, 넌 나에게 한 번도 믿음을 준 적이 없어. 물론 네 말대로 두 병의 술이 한 병이 되기도 했지. 그러나 또 어느 순간 한 병은 다시 두 병이 되잖아. 너는 의지대로 음주량을 조절한 적이 단 한 차례도 없어. 언제든 끊을 수 있다는 착각이 알코올의존증인 너에게 남은 마지막 에너지가 아닐까 싶어. 저 얼토당토않은 착각이 계속 술을 마시게 하는구나 싶거든.

너는 이제 술이 없는 삶을 상상할 수조차 없게 되었나 봐. 내가 너에게 분명히 말할 수 있는 건 이것뿐이야. 네 인생의 불행은 대부분 중독과 관련이 있다는 것, 꼭 기억하길 바라. 술과 도박 말이야. 도박으로 거지가 되더니 이제는 술로 망나니가 되는 건가. 그나저나 나는 앞으로 어떻게 살아야 할지 그게 더 걱정이네.

관대함이란

내가 처음 술을 입에 댄 것은 입시를 막 끝낸 시점, 졸업식도 하기 전 고등학교 3학년 때였다. 학교에서 하지 말라는 일을 굳이 하는 친구를 둔 덕이었다. 입학식을 하지 않았지만, 대학생이 된 것과 마찬가지라면서 생맥주를 먹어보자는 제안에 겁도 없이 1,000cc 잔을 받아 다섯 번에 털어 넣었다. 목구멍이 타는 느낌이 있었지만 금방 기분이 좋아지면서 실실 웃음이 났다. 아, 이래서 다들 술을 못 먹어서 안달이구나. 그때 앞에 있던 친구가 한마디를 했다.

"야! 너는 술 마시니까 자꾸 웃네?"

다행한 불행

그 말을 듣고 부모님과는 다르게 술이 받는 체질인가 생각했다. 전포동 일대에 술고래라고 소문이 자자한 외삼촌들의 피를 이어받았나?

그러나 술꾼의 후예는 아닌지 술을 이기지 못했다. 어지러움은 참을 만했다. 어지러우면 어지럽지 않을 때까지 꼼짝 안 하고 앉아 있으면 되니까. 그러나 구토는 아니었다. 도저히 참아지지 않았다. 속을 다 비우고 나면 항상 생각했다. 내가 이걸 다시 마시면 인간이 아니다. 이후 나는 정말 가끔만 술을 마셨고, 술을 마시고 집에 들어가도 식구 중 누구도 내가 술을 먹고 들어왔다는 걸 눈치채지 못했다. 식구들은 대부분 술을 안 먹거나 못 먹는다. 남동생은 소주 반 잔만 마셔도 불이 붙은 것처럼 얼굴이 빨갛게 돼서 보는 사람을 걱정시킨다. 자연히 저 인간 저러다 죽는 게 아닌가 수군거리는 사람이 많아서 아예 안 마시게 됐고, 엄마도 마찬가지로 막걸리 반 잔만 들어가면 앉은 자리에서 기절했다. 또 소주 반병이면 거나하게 취해서 지갑을 열어 돈을 꺼내는 도중에 잠이 드는 사람이 바로 아버지였다. 용돈이 내 손에 들어오기도 전에 옆으로 쓰러지는 아버지와 늦은 밤 억지로 잠이 깨고도 불평 없이 손을 내밀고 있다가 부끄러워진 내 손. 그 정도가 술에 얽힌 우리 집 풍경이었다. 네 식구가 모두 술을 마신 날도 절간보다 조용했다. 다들 술 한 잔만 먹어도 기절하기 때문에 주사라는 게 있을 수가 없었다.

○

자기 남편이 술에 취해 들어오면 팬티에 오줌을 지리는 통에 미쳐버리겠다는 친구가 있었다. 당시 그 말을 듣고 "오줌을 싸는 게 아니라 지리는 거면, 어쩌겠니, 좀 봐주려무나" 했는데 친구가 모르는 소리 말라며 펄펄 뛰었다. 이야기를 들어보니 정말 가관이었다. 술에 취한 남편이 오줌을 지린 팬티를 벗고 새 팬티로 갈아입는데, 하룻밤 사이에 적게는 다섯 번, 많게는 열 번까지도 그런다는 것이다. 하반신을 드러낸 채 비틀거리면서 팬티를 벗고 다시 입는 모습을 보면 정나미가 뚝 떨어진다고 했다. 팬티를 그렇게 입었다 벗었다 하면 어느새 출근할 시간이 다가온다나 뭐라나. 친구에게 "좀 봐주려무나"라고 말한 걸 후회한 건 살림을 합친 직후 술에 취한 남편을 처음 보고 나서였다.

주정을 눈앞에서 보는 건 처음이었다. 남편은 성난 짐승이었다. 남들 자는 새벽에 고래고래 소리를 지르며 신세 한탄을 할 때는 주둥이에 재갈을 물리고 싶었다. 사람들에게 민폐가 돼서 어쩌나 싶어 남편이 잠들 때까지 숨소리조차 크게 내지 못했다. 싫은 기색이라도 보이면 한바탕 전쟁을 치를 각오를 해야 했다. 그러다 집을 쑥대밭으로 만들고 제풀에 지쳐 방구석에 쪼그리고 잠든 모습을 보면 뭐라 말할 수 없는 감정이 들었다. 미움도 아니고 연민도 아닌 모호한 감정에 휩싸이다가 결국 울었다.

남편은 연애할 때만 해도 나보다 조용하게 술을 마시던 사람이었다. 내가 술에 취해 웃긴 말을 하면 조용히 웃어주던 사람이 어쩌다 지금 같은 주정뱅이가 된 건지, 사람이 어디까지 변할 수 있는지 의아했다. 술상에 코를 박고 겨우 잠이 들면 어느새 안도의 한숨을 쉬며 어질러진 집을 치우는 나는 또 얼마나 이상한 인간인가.

○

사람들은 대부분 나쁜 사람에게 곤란을 당한다고 생각하지만, 사실 착한 사람에게 난감한 경우를 당하는 비율이 더 높다. 나쁜 사람은 피하면 되지만, 착한 사람은 피하기 쉽지 않다. 특히 여자를 곤란하게 하는 것은 착한 남자다. 자신이 착한 사람이라고 여기는 남자는 다른 사람의 삶에 툭 끼어들어 민폐를 끼친다. 친구들이 재결합 후의 내 삶을 엿보고는, 언제부터 그렇게 관대한 사람이 되었냐고 물었다. 그 말은 내가 착한 남자에게 걸려든 한심한 여자의 표본이라는 뜻이다. 반박할 말이 떠오르지 않았다. 나라고 바라는 게 없었을까. 책 읽기를 좋아하는 사람이기를, 술에 먹히는 사람이 아니라 술을 즐기는 사람이기를, 운전대를 잡으면 미친놈이 되지 말기를, 상식적인 사람이기를…… 밤새 희망 사항을 삼켜도 남편은 달라지지 않았다.

답답한 마음에 남편의 입장이 되어 생각했다. 그랬더니 내가 원하는 대로 해줄 까닭이 없다는 걸 알게 됐다. 거기에 대고 상대가 원하는 걸 해주는 게 사랑이라는 씨도 안 먹힐 말은 하고 싶지 않았다. 처음부터 끝까지 내 몫이라고, 선택도 내가 했으니 뒷감당도 내가 하겠다고 결심했다. 크게 기대하지 않으니 화를 낼 마음도 잘 안 생겼다. 친구들이 어쩌면 그렇게 냉정할 수 있냐고 물으면, 나는 남들에게는 없는 재주라도 있는 것처럼 거들먹거리며 "이것들아, 관대함의 본질은 냉정함이야!" 하고 대답했다.

남편은 내가 자기에게 아무 기대도 하지 않는 것을 그저 편하다고 생각하는 것 같지 않았다. 내가 자기에게 정이 없어서 그렇다고만 했다. 남편 입에서 그런 말이 나오면, 잔소리를 하라는 건지 하지 말라는 건지 헷갈렸다. 잔소리는 듣기 싫고 애정을 달라는 건데, 글쎄 그건 무척 곤란하고 이기적인 욕심이었다.

나는 아내의 잔소리 때문에 못 살겠다는 남자를 보면 그 집의 무사태평이 그려진다. 오늘 점심 메뉴는 뭐였는지, 몇 시에 들어올 건지, 옷매무새가 좋니 나쁘니, 양복에서 낯선 여자의 향수 냄새가 나느니 등등 샅샅이 참견 안 하는 구석이 없는 아내가 집에 있다는 건 아직 행복하다는 증거라고 생각한다. 어떤 위기가 닥치면 여자는 오히려 관대해진다. 하루하루 사는 게 지겨워 죽겠는 판에 잔소리는 무슨 잔소리. 포기하게 되는 게 인지상정이다. 어릴 때는 관대함이 따뜻한 마음에서 나오는 것이라고 믿었다. 다 뭘 모르고 한 생각이다. 관대함은 많은 걸 기대하지 않으면 자연스럽게 생긴다.

그런데 가만 보니 관대함에도 고급 버전이 있었다. 상대에게 실망했더라도 원점에서 다시 시작하려는 마음, 서로의 이기심과 나약함을 인정하는 것, 상대가 서운하게 대하더라도 되갚지 않겠다는 의지 같은 것 말이다. 그러나 고급 버전인 만큼 실천하기가 어렵다. 단순히 상대에게 관심을 끄면 저절로 생기는 관대함이 아니라 신뢰가 있어야만 가능한 고차원적 관대함이어서다. 이런 관대함을 지닌 인간이 되면 참 멋질 텐데, 하고 나는 생각만 한다.

다행한 불행

답답한 바지는
찢어지는 순간부터 편해진다

자주 꾸는 꿈이 있다. 하나는 낯선 길을 헤매는 꿈인데, 깰 때까지 목적지를 못 찾는다. 다른 꿈은 항상 교실이 배경이다. 자리에 앉은 나는 해맑다. 그도 그럴 것이 걱정이 없는 나이니까. 대학도 안 갔고 결혼도 안 했고 아이도 낳지 않았으니, 결혼을 안 해도 되고, 당연히 아이를 낳지 않을 수 있다. 아직 선택할 수 있는 것이 많아서 행복한 상태라는 걸 꿈에서도 느낀다. 사실은 다른 선택지가 있어서 좋은 것보다 무엇을 선택하지 않아도 되니까 안심하는 것 같다. 그런 꿈을 꾸는 날은 입가에 미소를 머금고 잠에서 깬다.

꿈을 깨고 현실로 돌아오면 이런저런 상상을 한다. 그런 상상은 그저 상상이기에 언제나 '만약에'로 시작한다. 만약에 연애를 안 했더라면, 만약에 결혼을 안 했더라면 어떻게 됐을까? 이 질문에는 답이 없다. 나는 그 시절로 다시 돌아가도 도낏자루 썩는 줄 모르고 연애할 여자고, 결혼 안 할 위인이 못 된다. 급한 성격대로 꼼꼼하게 따져보지도 않고 섣불리 누군가와 또 엮일 가능성이 크다. 그걸 깨달으니 한없이 우울해진다. 이번 생은 아무래도 망한 것 같다. 목의 주름과 늙어버린 얼굴을 보니 이젠 진짜 돌이킬 수 없다는 생각에 절망적이기까지 하다.

○

남자에게 여자를 몰라도 너무 모른다고 공공연하게 말하지만, 여자 역시 남자를 모르긴 마찬가지 같다. 사람이 사람을 샅샅이 살피는 게 쉬운 일은 아니니까 안다고 큰소리치는 게 더 이상한 일인지도 모른다. 나는 남편을 몰랐고 지금도 모른다.

내가 몰랐던 것 중 가장 놀라운 건 그의 강렬한 질투심이다. 질투는 자연스러운 일이고 나 또한 질투심을 느끼는 경우가 있지만, 남편의 질투심은 그 정도가 심하다. 그의 강렬한 질투심을 보고 처음에는 반가웠다. 그래, 질투라도 해라. 미친 듯이 질투해서 그 대상을 뛰어넘으려는 의지라도 제발 생겨라.

내 간절한 바람과는 달리 남편은 다른 사람의 돈과 차와 집과 직업, 심지어 남의 나라까지 질투하지만, 그저 질투할 뿐이었다. 질투심이 변화의 동력이 되지는 않았다. 변화를 모색하지 않으니 현실이 달라질 리 없고, 그러므로 질투는 끝없이 반복되었다. 질투는 누구나 할 수 있다고 이해하다가도, 몇 년째 똑같이 이어지는 레퍼토리가 점점 지겨워졌다. 상대에게 뭘 해서 상처를 주는 사람도 있지만, 아무것도 하지 않아서 상처를 주는 경우도 있다. 아무것도 하지 않는 사람이 주는 상처는 오히려 더 깊을 수 있다는 걸, 아무것도 하지 않는 남편에게 상처받으며 알게 됐다.

남편은 자신의 상황을 좋게 만들기 위한 노력을 정말이지 아무것도 하지 않았다. 홀로 삶의 의욕을 불태우다가도, 남편을 보면 이렇게 살아서 뭐 하나 싶었다. 부부로 살면서 상대가 싫은 이유는 얼마나 많은 걸까. 게을러서, 지저분해서, 무뚝뚝해서, 불성실해서, 이기적이어서……. 그런 남편을 더 이상 이해하고 싶지 않았다. 속이라도 시원하게 복수할 방법을 찾아야 했다.

《안나 카레니나》를 몇 번이나 읽었는지 헤아릴 수 없다. 책도 모자라 영화도 두 번이나 봤다. 가장 최근에 본 안나는 키이라 나이틀리였고, 소피 마르소가 연기한 안나도 인상 깊었다. 여러 번 읽은 이유는 안나의 불행한 결혼 생활에 동질감을 느껴서이거나, 아니면 지질한 복수심 때문일지도 모른다. 안나처럼 내게도 복수하고 싶은 사람이 있다. 알고 그러는 건지 몰라서 그러는 건지 모르지만, 남편은 가정의 경제 상황을 알려고 하지 않는다. 그런 남편에게 복수하고 싶어 미치겠다. 내 노후를 책임지라는 것도 아니고 본인의 노후를 책임질 방법을 진지하게 생각하라는데 입이 댓 발이나 나오는 이유를 모르겠다. 안 그래도 인생이 풀리지 않아서 답답한데, 내가 옆에서 부채질하는 것처럼 느껴지는 걸까.

여러 영화에서도 봤지만, 속 시원한 복수는 흔치 않다. 복수심에 눈이 멀어 자신을 상하게 하는 바보짓을 하는 인물

다행한 불행

도 더러 있지만, 나는 그렇게까지 무모하진 않은가 보다. 복수는 하는 사람과 당하는 사람 둘 다 망가뜨리는 경우가 많다. 그걸 알면서도 복수를 감행하기엔, 나라는 인간은 삶에 대한 애착이 대단하다. 게다가 복수를 시작하기엔 너무 늦었다. 가까스로 복수를 끝내고 이제 좀 쉬어야지 하고 누우면 바로 황천길로 직행할 수도 있다. 내 삶을 포기할 수 없으니, 아쉽지만 복수를 포기한다.

○

"바꿀 수 있는 걸 바꾸는 용기와 바꿀 수 없는 걸 받아들이는 마음의 평정이 필요하다. 그리고 그 차이를 아는 현명함도 필요하다."

영화 〈까밀 리와인드〉에 나오는 대사다. 나는 영화의 주인공 까밀처럼 바꿀 수 있는 것과 바꿀 수 없는 것을 구분하는 영리함이 없다. 그러니 당장은 있는 그대로 운명을 받아들인다. 바꿀 수 없는 것을 받아들이면 마음에 여백이 조금 생기니까. 그 여백이 일단 숨은 쉬게 만들어주니까.

인정하고 싶지 않지만, 남편은 나에게 어쩔 수 없는 존재다. 우왕좌왕할 게 아니라 차분히 관망하는 쪽으로 자세를 바꾸는 수밖에 없다. 섣부른 결단은 위험하다. 급하게 결론을 내리다가 망한 게 어디 한두 번인가. 상황을 관찰하고 있다가 결정적인 순간, 그러니까 완벽한 반전이 가능하다고 여겨지는 순간이 올 때까지 기다리는 거다. 그러나 그 완벽한 순간은 영원히 찾아오지 않을 수도 있다. 이럴 때는 나를 좀 믿어보는 수밖에 다른 방법이 없다.

말이 좋아서 기다림이지, 이러지도 저러지도 못하는 상황이다. 그러고 있다 보면 어느 순간 답답해서 미친다. 어림도 없이 작은 스키니 바지를 입은 느낌이다. 이젠 어쩔 수 없다. 마지막으로 남은 방법은 바지를 찢는 것이다. 바지 따위 아까워하면 안 된다. 찢어진 틈으로 천천히 숨을 들이쉬고 내쉰다. 인간은 유쾌하고 행복한 경험에서도 배우고 불쾌하고 불행한 체험에서도 배운다더니, 나는 찢어진 바지로 인생을 배운다.

다행한 불행

나와 남편

이 글에는 자화자찬, 억지스러운 칭찬, 험담,
비난 또는 자기변명이 들어 있지만,
어떤 의도를 갖고 쓴 건 아니라는 점을 밝힌다.

나는 좀 허술한 여자다. 타고난 천성이 모질지 못하고 귀가
얇아서 남의 말에 잘 휘둘리고 어린 시절에 겪은 결핍 탓에
자존감이 낮아 자신과 다른 사람을 비교하는 고약한 버릇
이 있다. 인생의 풍파를 겪으면서 냉소적인 면이 조금 생겼
지만, 겉으로 드러내지 않으려고 노력한다. 한번 시작한 일
은 끝까지 완수하려는 집중력과 끈기가 있다고 생각한 적도
있지만, 무섭게 달려들어 어깨에 앉아버리는 책임감 때문에
어쩔 수 없이 매달리는 것일 뿐 타고난 노력파는 아니다. 어
린 시절부터 앞날을 스스로 헤쳐나가지 않으면 안 되는 삶

을 살았기에 열심히 노력하지 않으면 인생이 망할 수도 있다는 두려움에 시달렸다. 그 두려움이 지나치게 큰 나머지 시종일관 열심히 살려는 사람이 되었다. 남들보다 노력하기 때문에 내가 하는 일은 정당하다거나 일을 훌륭하게 완수한다는 착각에 빠져 있고, 그 때문에 타인도 자신처럼 행동하기를 마음속으로 요구한다. 자신이 게으름뱅이와는 거리가 먼 사람이라고 여기기에 남몰래 으스대는 면이 있다. 지나치게 노력하다 보니 빠르게 지치는 편이라서 본의 아니게 용두사미의 모습을 보여 상대방을 곤혹스럽게 할 때도 있다. 주변이 정리되어 있지 않으면 일이 손에 잡히지 않는 별난 면이 있고 그 정리벽으로 가족들을 괴롭힌다.

가난한 집에서 나고 자랐으면서도 결혼하기 전까지는 돈벌이 자체에 관심이 없었고 현실 감각도 부족한 사람이었다. 요즘도 크게 다르지 않아서 조금이라도 여유 자금이 생기면 저축 상품을 찾아본다거나 투자처를 알아보기보다 시골 어디에 작은 땅이나 사서 허름한 건물을 올리고 든든한 책장을 짜고 오래된 책들을 꽂고 한 권씩 꺼내 책등의 먼지를 털거나 테이블과 의자를 들이고 오는 이들에게 맛있는

다행한 불행

차 한 잔 대접하면서 사는 게 꿈이다. 하지만 그것도 지금은 여의찮게 되었다. 어릴 때는 간혹 똑똑하다는 말을 듣기도 해서 우쭐한 적은 있지만, 나이가 들면서 똑똑이와 맹추는 백지 한 장 차이라는 걸 알고는 똑똑하니 맹추니 하는 말을 싫어한다. 오히려 똑똑하면 남에게 미움을 받는 것 같고, 친구가 없고, 똑똑한 남자보다 어딘가 모자란 남자가 달라붙을 확률이 높다는 설을 믿는 편이다. 요즘은 그런 헛똑똑이 기질이 내 인생을 망치게 한 원인이 아닌가 생각하면서 일부러라도 어수룩한 구멍을 만들려고 노력하기도 하지만, 그 또한 오만이라는 걸 오십이 넘어서야 깨달은 사람이다.

○

남편은 놀랍게도 단 한 가지도 나와 일치하는 면이 없다. 열정이란 게 거의 없고 매사가 심드렁하다. 인생이 안 풀렸던 탓인지 대부분의 일에 관심을 두지 않고 부정적인 편이다. 24시간 무료해 보이지만 정작 본인은 무료함을 느끼지 못하는 것 같다. 그러나 어떤 상황에서는 놀라울 정도의 과감함을 발휘한다. 남편의 과감함은 사유를 통해 얻은 결과물이라기보다는 오로지 자기의 감을 믿어서 나온 산물이다. 인과를 따지기 좋아하는 나에겐 무서울 정도로 무모해 보인다. 남편도 가끔 자기 감을 믿지 못하는 것 같다. 그래서인지 풍선에 바람 빠지듯 자신감이 슈슈슉 픽 사라진다.

"노력하는 인간은 방황하는 법이다"라는 말이 있다. 거꾸로 말해 방황하지 않는다는 건 노력하지 않기 때문이라는 뜻. 이거야말로 남편을 두고 한 말이 아닐까 싶다. 나는 그가 방황하는 걸 본 적이 없다. (전 재산을 도박으로 탕진했을 때는 예외다.) 그런 면에서 남편은 철갑을 쓴 듯 단단하다. 내일 당장 나가야 할 카드값이 마련되지 않아도 걱정하는 기색이 없다. 너무 아무렇지도 않아서 카드 대금 출금일을 내 쪽에서 착각한 건 아닌지 내 기억력을 의심하게 된다. 그렇다고 세상만사 초월한 도사처럼 물질에 초연하느냐 하면 그건 또 아닌 것 같다. 부동산 부자에게 크게 적대감이 있어 보이고, 빈부 격차에 대해 불평을 늘어놓기도 한다. 그러나 그런 질투와 불평은 적극적인 경제활동을 하도록 돕지 못한다.

그런 남편 덕분에 나는 롤러코스터를 탄 것 같은 아슬아슬함을 느끼면서 안정과는 관계없이 살았다. 어떤 일에 의

다행한 불행

문이 생겨도 검색을 해보거나 책을 찾아 읽는 등 공부할 생각은 아예 하지 않는다. 남편은 자신의 무지를 염려하지 않는다. 나는 이 부분이 가장 놀라우면서 부럽다. 모든 일에 만사태평이라 다그치는 사람이 다그치는 와중에 의욕을 잃게 된다. 법륜 스님도 분명히 혀를 내두르거나 아예 머리를 깎으라고 슬그머니 권할지도 모른다.

기본적으로 남에게 관심이 없지만, 연민을 느끼는 대상이 나타나면 아낌없이 주머니를 털어준다. 남의 시선에서 자유롭고 내면의 갈등도 없다. 인간에 대해 골몰한 적이 없고 선입견도 없다. 사람을 좋아하는 마음도 싫어하는 마음도 크지 않으니, 마음이 항상 평온하다. 남편을 보고 있으면 '굳이 힘들게 노력하며 살 필요가 있나?' 하는 생각이 들고 얼마 남지 않은 기운까지 모조리 빠지면서 '그래, 그냥 대충 살자. 인생 뭐 있나' 싶어진다. 실제로 바람 빠진 그 말을 입으로 내뱉고 나면 긴장이 풀리면서 실없이 웃게는 된다.

○

우리 집에는 남들은 아무렇지 않게 생각하는 것에도 파르르 반응하는 극도로 예민한 여자와 고통의 임계점 자체가 높은 무감각의 끝판왕인 남자, 노력도 하고 방황도 하고 할 수 있는 건 다하면서 울상을 짓는 나와 방황도 하지 않고 노력에도 관심이 없는 남편이 산다.

재결합하고 7년이 흘렀다. 완전히 어긋나지는 않은 채 아슬아슬 여기까지 왔다. 요즘 들어서 나는 남편이 노력과 실패와 좌절과 방황에 무감각한 남자라 오히려 다행이지 싶다. 같이 방황하고 둘 다 울상이었다면 아마 가관이었을 것이다.

다행한 불행

결혼 생활은 기이하다

이혼 후 8년 만에 병을 얻었다. 평소에는 암 환자였다는 사실을 까맣게 잊고 지내다가 병원에 가서야 내가 암 환자였다는 걸 상기하게 된다. 살다 보면 내 몸 어딘가에 암 덩어리가 또 발견될 수도 있다는 것, 적어도 다른 사람들보다는 암이라는 병에 취약하다는 사실을 병원 대기실에 앉아서 깨닫는다.

지금은 순서를 기다렸다는 듯 다른 질병들이 줄을 서 있다. 폐경이 되고 갱년기 증상도 심해서 챙겨 먹는 약의 종류가 많다. 어쩌다가 당뇨 수치가 올라갈 때면 이젠 정말 어쩔 수 없는 나이가 되었구나 싶다. 반면에 동갑인 남편은 아픈 데가 없다. 흰머리가 유난히 빨리 난 것과 막걸리를 많이 마셔서 불룩 나온 배만 숨기면 40대라고 해도 믿을 것이다. 요즘엔 식사량을 조절해서 그 배까지 쏙 들어갔다. 단순히 외형의 문제가 아니라 몸의 안쪽을 봐서도 그는 청춘이다. 혈압도 당뇨도 정상이다. 심지어 술을 그렇게 먹는데도 간 수치가 정상이고 중년 남자에게 흔한 고지혈증도 없다.

남편을 보면서 나는 유전자의 힘을 느낀다. 그의 할머니는 지병 하나 없이 90살을 넘게 살다 가셨고, 집안 대대로 장수하는 편이다. 그런 생각을 할 때면 나는 자연스럽게 60대 중반 무렵 뇌졸중으로 돌아가신 양친을 떠올린다. 열악한 유전자를 물려주고 가신 두 분은 마치 사이좋은 부부처럼 똑같은 병으로 나란히 돌아가셨다. 죽음마저도 기이한 부부다. 의사 선생님이 검사 결과지를 유심히 살펴보고는 "잘하고 계시네요. 이대로만 하세요"라고 말하면 얹힌 게 내려가는 것 같으면서도 동시에 인생의 덧없음이 느껴지는 건 어쩔 수 없다.

○

나는 결혼할 때 단순하게 딱 두 가지만 생각했다. 이 남자와 살면 돈 걱정은 크게 안 할 것 같다. 여자 문제로 속을 끓이게 할 사람은 아닌 것 같다. 그런 결론이 난 근거는 지금까지도 모르겠다. 그게 자랑은 아니라고, 그러니까 네가 이 꼴로 사는 거라고 말할 사람들의 얼굴이 떠오르지만, 내가 그런 사람인 걸 부인할 수 없다.

남편과 처음 결혼할 때도 따지지 못한 것들, 예를 들면 머리가 좋은지, 집안에 돈이 있는지, 가장으로서 능력과 책임감이 충분한지, 씀씀이가 어떤지, 아픈 데는 없는지, 남의 험담을 즐겨 하는지 등은 재결합하면서도 따지지 않았다. 다 알고 있는 내용이라고 생각했기 때문이다. 그런 걸 따졌다면 재결합 자체가 이루어지지 않았을 것이고, 지금 같은 글은 쓰지 않았을 것이다.

양보할 수 없는 게 딱 하나 있었다. 바로 건강이었다. 다른 건 몰라도 그의 건강만은 믿을 만하다고, 자신을 돌보지 못할 사람은 남편이 아니라 나라고 확신했다. 당신보다 먼저 늙고 병들 사람은 나니까 내가 먼저 병들어 누우면 모른

척하지 않았으면 했다. 보호자 없이 혼자 입원하고 혼자 수술한 경험이 본능적으로 그런 계산을 하게 만든 것 같았다. 다른 건 욕심 안 낼 테니 아플 때만큼은 의지가 됐으면 하는 마음.

그러나 역시 인생은 호락호락하지 않았다. 조심스럽게 결론을 내보자면 그것도 망한 것 같다. 내 계산에는 매일 술을 마시고 인사불성이 되는 남자라는 건 없었다. 그런 건 꿈에서도 생각하지 않았다. 남편에게 폭력을 일삼는 주사가 생겼을 거라고는 짐작조차 하지 못했다. 더구나 TV에서 본 장면이 내 집에서 펼쳐지리라고는.

따지고 보면 내 결혼 생활은 2년이 전부였다. 그마저도 한집에서 산 건 1년 6개월뿐. 나머지 6개월은 카지노에 있었다. 함께한 세월이 짧은 만큼 애초에 술버릇이 없었다고 단언하기도 애매하다. 행여 그때 남편의 술주정을 봤더라도 살다 보면 그럴 수도 있다고, 생각하고 싶은 대로 생각했을 가능성이 크다. 나는 1년 6개월 동안 그저 출산했고 육아했을 뿐이다. 어쨌거나 주정뱅이로 변한 그가 지금의 내 남편이다. 요즘처럼 퍼마시다가는 골골대는 나보다 먼저 병원

신세를 질 게 뻔하다. 이건 정말 예상치 못한 상황이다.

결혼은 상대의 모든 것, 그의 질병까지 껴안는 일이라고 누군가 말한 것도 같은데, 누가 한 말인지는 얼른 떠오르지 않는다. 다시 말해 결혼을 한다는 것은 상대의 모든 것을 통째로 받아들이는 일이라는 건데, 그렇다면 내가 받아들여야 할 건 무엇인가. 재결합하면서 꽃길을 걸을 거라는 예상을 한 적은 없다. 오히려 힘들어질 수밖에 없다는 걸 알고 시작한 일이다. 당장은 내 역할이 훨씬 크다는 것도 알았고 감당할 자신도 있었다. 그런데도 힘은 들었다. 삶이 납득할 수 없는 문제로 가득했고 하루하루가 고난의 연속이었다.

○

남편은 병원의 모든 과를 진료할 수 있는 명의다. 남편의 직업이 의사라는 말이 아니라 본인이 의사보다 더 실력이 있다고 착각한다는 뜻이다. 그의 이론대로라면 CT나 MRI 같은 건 돈만 잡아먹는 고철 덩어리다. 그의 몸에는 세상에 존재하는 모든 병의 진단이 가능하고 자가 치유를 권장하는 자연주의 의사가 들어와 있다. 의사들은 믿을 수 없는 족속이고 대학병원은 사기꾼 집단이다. 코감기가 걸려 쉴 새 없이 코를 먹게 되더라도 병원에 가는 걸 막아선다. 자기 맘대로 콧물의 원인을 비염이 아니라 감기로 진단한다. 당장 숨쉬기가 힘드니까 병원에 가겠다고 말하면, 몸에도 좋지 않은 약을 처방해주는 것이 전부인데 병원을 왜 가려고 하는지 묻는다. 그래도 당장 숨쉬기가 힘들어서 가야 한다고 대답하면, 몸에 좋지도 않은 약을 왜 먹으려고 하는지 또 묻는다. 같은 질문을 하는 남편에게 같은 답을 하고 있으면 우리가 '덤 앤 더머' 같다는 생각이 든다. 그러다 머리끝까지 화가 치솟으면 코를 잔뜩 먹은 목소리로 이렇게 말하게 된다.

"내 병은 내가 잘 알지, 당신이 뭔데 아는 척이야?! 네가 뭐냐고 대체!!"

싸움은 늘 그렇게 유치한 이유로 시작되고 끝난다. 남편은 고집이 세고 우기기 대장이다. 맞는 걸 틀렸다고 하고 옳은데 그르다고 하면 미치고 환장한다는 게 어떤 기분인지 알 것 같다. 내가 옳다고 믿었던 걸 무조건 틀리다고 우기면, 뒤따라오는 허탈함은 정말 대단했다. 그렇게 사사건건 부딪히면서 나는 남편을 이해할 수 없는 사람, 나를 피곤하게 만

드는 사람으로 정해버렸다. 내 의견이 번번이 무시되는 것
이 약이 올랐고 사소한 것을 내 마음대로 할 수 없다는 사실
이 억울해서 남편이 없는 곳에서 울기도 많이 울었다.

15년 동안 억지로 군만두만 먹은 최민식의 표정으로 밥
을 먹는 날도 있었다. 밥과 나물을 따로따로 먹는 걸 좋아하
는 나에게 남편은 아무 말 없이 밥과 나물과 고추장과 참기
름을 넣고 비벼서 내 입에 넣는다. 여기까지 말하면 친구들
은 자랑하는 거냐고 야유를 시작하지만, 나는 내 하소연을
듣는 사람들이 조금이라도 냉정하게 생각해봤으면 좋겠다.
밥 먹을 당사자에게 물어보지 않고 맘대로 밥과 반찬을 비
벼버리는 남자가 어떻게 보이는지. 내 입의 크기는 그가 떠
준 한 숟가락의 밥을 감당하지 못하고 식탁은 항상 지저분
해진다. 내가 알아서 먹는다고, 왜 밥을 맘대로 비볐냐고 똥
씹은 얼굴을 코앞에 들이대야 남편의 정신이 돌아온다. 그
러면서 멋쩍은 얼굴로 몇 마디 한다.

"잘해주고 싶어서. 더 맛있으라고."

이건 농담이 아니라 실제 상황이다. 그가 어쩌다가 사랑
을 그런 식으로 표현하는 사람이 되었는지 알 수 없다. 나는

이상한 상황이 반복되는 것에 지쳐 남편이 왜 번번이 내 의견을 무시하는지 더 묻지 않는다. 이쯤 되면 안타까움에 사람들이 하는 말이 있다.

"비빔밥 싫어한다고 말하지. 네가 아무 말 없이 있으니 그런 일이 반복되는 거야."

나는 그런 말을 하는 사람들에게 되묻고 싶다. 설마 내가 가만히 있었을 거라 생각하냐고. 이성적으로 이야기하자고 마음먹고 조곤조곤 이야기를 시작하다가도 어느 순간 화가 머리끝까지 치솟았다. 싸워도 싸워도 싸움은 끝나지 않고 후련한 마음이 들지 않았다. 핏대를 올리는 것도 하루 이틀이지, 사람이 점점 녹초가 됐다. 이혼한 부부가 재결합하는 경우는 많지만, 그중 끝까지 해로하는 경우는 재결합한 부부의 3퍼센트라고 하더니, 맞는 말이지 싶었다. 이혼이든 재혼이든 재결합이든 모든 결혼 생활은 기이한 것이었다. 이해할 수 있으면 기이하지 않을 것이다. 이해할 수 없기 때문에, 기이해질 수밖에 없는 것이었다.

생각해보면 아내를 자기 맘대로 조종해야 속이 시원해지는 남편이나 내 판단대로만 하겠다고 우기는 나나 사실 크게 다른 점은 없다. 결과적으로 우리는 둘 다 상대를 심판하기 바쁜 사람들이다. 그게 재결합까지 한 우리의 모습이었다. 소통할 생각도 별로 없으면서 소통하는 방법을 모른다고 남편을 타박했고, 나를 무례하게 대한다며 길길이 날뛰면서 똑같은 방식으로 무례하게 굴었다. 요즘은 싸움이 시작될 조짐이 보이면 재빨리 우리가 닮은 못난 점을 생각한다. 못나 빠진 구석을 생각하다 보면 그 나물에 그 밥이라는 말이 저절로 떠오른다. 정말이지 나이가 더 들면 무슨 일이든 대충 넘어가고 적당히 사는 사람으로 변하고만 싶다.

돈이 부족한 인생

살다 보면 누구나 그런 때가 한 번씩은 온다. 돈이 무척 절박할 때. 24K 삽니다, 라는 문구가 붙어 있는 금은방 주변을 빙빙 돌았다. 언젠가 이런 일이 생길 줄 알았던 건지 금은방의 위치가 머릿속에 선명하게 새겨져 있었다. 그러나 서성거릴 뿐 쉽게 들어가지진 않았다. 며칠을 그렇게 배회하다 더는 미룰 수 없어서 들어간 금은방 주인은 하필 우리말이 서툴렀다. 조선족이 아니면 그럭저럭 한국어를 하는 중국인 같았는데, 무척 무거워 보이는 금팔찌를 차고 있었다. 금을 팔려고 왔다는 내 말을 주인은 한 번에 알아듣지 못했다. 얼

다행한 불행

굴이 화끈거리는 걸 느끼면서 큰 소리로 또박또박 말했다.

금.을. 팔.려.고.요!!

그날은 유난히 날이 좋았던 것 같다. 진열장 안에 있는 보석들이 햇빛을 받아 찬란하게 빛나고 있었다. 너무나 오색찬란해서 가짜처럼 느껴질 정도였다. 엄마가 물려주신 반지를 판 돈으로 급한 불을 껐고 아이의 보육비도 냈다. 소고기도 조금 샀고 오랜만에 걱정 없이 잠도 잤다. 겨우 금붙이를 판 것뿐인데, 일상이 다른 국면으로 전환된 기분이 들었다. 나는 그날 내 인생의 1부가 끝났다는 걸 느꼈다.

○

사람은 돈에 쪼들리면 하고 싶은 일이 자꾸 생각난다. 난데없이 그림이 그리고 싶었다. 결혼 전 팔아치운 붓도 생각났다. 본격적으로 글을 써보고도 싶었지만, 나에겐 전부 허락되지 않는 사치 같았다. 당장 하지 못한다는 걸 알면서도 스며드는 생각을 막지 못했다. 잠시라도 일을 놓으면 그간의 생활비는 고스란히 빚이 되어 돌아오기 때문에, 몸이 아파도 쉬지 못하고 일터로 부랴부랴 돌아갔다.

돈이 없으면 취미 정도는 상상으로 즐길 수 있게 된다. 매일 밤 잠들기 전 로또에 당첨되는 상상도 했다. 어디까지나 상상이니까 항상 1등에 당첨된다. 평생에 한 번 만져보기도 어려운 큰 액수라서 손을 벌벌 떨면서도 건물주가 될 생각에 마음이 급해진다. 간도 작고 겁도 많아서 5층 이상을 넘보지 않는다. 타운하우스를 한 채 사고 차를 산 다음 스위스에서 2년을 살 준비를 시작한다. 1년은 아쉽고 3년은 지겨울 테니 반드시 2년이어야 한다.

그러나 안타깝게도 나는 당첨 운이 몹시도 없다. 오죽하면 역술가가 횡재수가 없으니 한눈도 팔지 말라고 했을까. 횡재수가 없다는 건 돈을 주는 남자도 없다는 뜻이라며, 개미처럼 일해야 입에 밥이 들어간다는 당연한 말을 해주었다. 역술가는 희망적인 말도 했다. 횡재수가 없는 대신 일을 하기만 하면 돈은 잘 버니까 걱정할 거 없다고. 너는 돈 버는 재주는 있다고. 그래서인지 확률로 따져서 당첨되지 않을 수 없을 만큼 당첨이 안 된다.

나는 꽝이라는 걸 확인하면 항상 비실비실 웃는다. 복권 가게에 가져다준 돈을 생각하면 당첨 운이 나쁜 게 약이 오

다행한 불행

를 법도 한데 오히려 당연하게 여긴다. 성실히 노동하고 그 대가를 받는 생활에 익숙해져 있어서인 것 같다. 그런데 왜 복권을 사냐고? 혹시 당첨될지 모르니까. 가난한 사람들은 혹시의 재미를 아는 사람들이기도 하니까.

○

나와 반대로 돈이 많은데도 정작 본인이 누리지 못하는 친구가 있다. 가정이 원만하지 않아서 돈이 주는 즐거움을 느끼지 못하고 산다. 오히려 그 많은 돈을 쓰는 사람은 친구가 아니라 가족들이다. 그 친구를 보면서 돈이란 놈은 다루기가 정말 어렵다는 생각이 들었다. 안 먹고 안 입어도 마이너스가 되고, 기를 쓰고 벌어도 맨날 그 타령이고, 많아도 탈이고 없어도 탈이다. 나는 돈에 초연한 편이지만, 돈을 우습게 여기지는 않는다.

돈은 사람을 잡아채 흔들어버린다. 오랜 시간 돈에 휘둘린 사람은 돈이 무섭다. 남의 돈은 더욱 무서워서 사람들에게 이유 없이 돈을 쓰게 하지 않으려고 노력한다. 내가 이득을 보려는 쪽으로 마음이 기우는 것 같으면 재빨리 위험을 감지한다. 돈이 급한 사람에게 빌려줄 만큼의 여유는 없지만, 꼭 줘야 할 때면 돌려받을 생각은 하지 않고 준다. 이왕 줄 거면 일분일초라도 빨리 준다. 안 그래도 속이 타들어가는 사람을 기다리지 않게 하려는 마음이다.

돌이켜보면 가난했기에 일을 포기하지 않을 수 있었고, 먹고사는 게 어려웠기에 먹고살기 어려운 이들의 마음을 조금이라도 헤아릴 수 있었다. 가난 때문에, 빚 때문에, 오래 아프셨던 엄마 때문에, 이혼녀이기 때문에, 책임져야 할 아이가 있기 때문에 도망갈 구석 하나 없이 나를 앞으로 내몰았고, 때론 그것이 갑갑한 족쇄처럼 느껴지기도 했지만 그 처지가 앞을 향해 달려가게 만든 것도 분명한 사실이다.

나는 결핍을 연료로 쓰면서 평생 돈의 주변을 맴돈 사람이다. 돈을 무척이나 원하면서도, 돈을 밀어낸다. 그러면서도 남편에게 내가 이렇게 골골대는 이유는 모두 당신 때문이라고 푸념을 늘어놓는다. 이제는 좀 편하게 살고 싶다고, 내 여생은 당신이 먹여 살리라고 으름장을 놓으면서 생각한다. 돈도 풍족하고 고생도 모르는 인생을 살았다면 내 오만함도 대단했을 거라고.

다행한 불행

포기하는 지혜

어린 시절 엄마는 머리가 자주 아프다고 했다. 왜 그랬는지 모르지만, 엄마가 아픈 이유를 찾으려고 무던히 애썼다. 엄마가 왜 아플까 생각하다 보면 학교생활의 즐거움도 친구들과의 놀이도 시들해지곤 했다. 엄마의 두통이 만성이 되면서부터 나도 엄마의 나쁜 컨디션을 잊고 즐겁게 놀 수 있게 되었다. 엄마가 아픈 게 싫었던 나는 엄마가 싫어하는 행동은 미루어 짐작하고 되도록 안 하려는 아이였다.

엄마는 자식에게 잔소리할 에너지가 없었지만, 알아서 클 거라 생각할 만큼 대범한 사람은 아니었다. 다리 몽둥이를 부러뜨린다며 대나무 손잡이가 달린 총채를 드는 날도 간혹 있었다. 그날은 친구가 영어 필기체가 새겨진 청록색 후드 티셔츠를 입고 온 날이었다. 글씨는 흰색 실로 수놓은 것이었다. 글씨가 영어라는 걸 알았지만 읽지는 못하던 시절이라 무슨 뜻인지 모른 채 그저 흘려 쓴 알파벳 철자가 멋지다고 생각했다. 홀린 사람처럼 티셔츠를 멍하게 쳐다보다가 내 시선을 느낀 친구와 눈이 마주치자 무안해서 얼른 고개를 돌렸다. 그런 내가 안쓰러웠는지 친구가 갑자기 그 옷을 빌려주겠다고 나섰다. 정말 괜찮다고, 티셔츠를 집으로 가져가면 엄마한테 맞을 거라고 말하면서 이미 후드티에 목을 집어넣고 있었다. 그 시절에는 다들 없이 살아서 그런지 옷을 빌려주고 빌려 입는 일이 흔했다. 혼날 걸 알면서도 그 옷을 입고 집에 갔다는 건 정말 탐이 났다는 뜻일 것이다.

배시시 웃으며 방으로 들어오는 나를 발견한 엄마의 눈에 불꽃이 튀었다. 그날은 결국 대나무 총채보다 더 단단한 나무 빗자루 손잡이로 종아리를 맞았다. 너는 크면 빚내서 물건 사는 인간이 되겠구나. 큰일이다. 간이 이렇게 커서 어쩌려고 그러냐. 갖고 싶은 게 있으면 엄마한테 사달라고 하

다행한 불행

거나 엄마가 안 사주면 포기하는 게 맞지, 남의 물건을 아무렇지도 않게 집으로 가져오는 걸 보니 욕심이 나면 도둑질도 하겠구나. 애당초 인간이 되기 글렀다. 공부는 왜 하냐. 학교도 때려치워라. 어른이 되면 은행 빚도 겁 없이 질 인간이다.

나는 닭똥 같은 눈물을 뚝뚝 흘리며 내가 빌려달라고 하지 않았다고 말대꾸하다가 더 많이 맞았다. 우는 작전에서 싹싹 비는 작전으로 바꿨지만, 엄마의 꾸중은 끝날 줄 몰랐다. 지금 생각하면 억울한 면이 있다. 부모로서 자식에게 어떤 가르침을 주려는지 알지만, 솔직히 말해서 억측이 지나치고 비약이 심했던 것도 사실이다. 대출로 집을 구입하는 게 당연한 요즘의 젊은이들이 들으면 웬 시대착오적인 이야기인가 하겠지만, 당시는 대출받아서 집 사면 망하는 줄 알던 시대였다.

엄마에게 매를 맞는 건 크게 세 가지 경우일 때다. 포기해야 하는데 포기하지 못할 때, 포기하지 말아야 할 것을 포기할 때, 마지막으로 그 두 가지를 구분하지 못할 때. 어린 나는 언제 포기하고 언제 포기하면 안 되는지 계속 헷갈렸다. 가난한 가정 형편에 대학 진학을 포기하겠다고 하자 엄마는 불같이 화를 냈다. 비록 우리 형편이 어렵지만, 방법을 찾아보지 않고 다짜고짜 포기하겠다고 선언하는 건 잘못이야. 노력은 해봐야지, 노력을! 최선을 다했는데도 길을 못 찾는다면 그때 포기해도 늦지 않아. 등록금을 낼 형편이 안 될 것 같아서 했던 말인데 엄마는 노발대발이었다. 여자도 공부해야 하는 시대라고, 엄마처럼 살아서는 안 된다고, 이모에게 돈을 빌려서 등록금을 마련하셨다.

가끔 옷장 문을 열고 포기하지 못한 옷을 바라보던 시절도 있었다. 살 빼면 입을 수 있다는 희망을 버리지 않고 옷도 버리지 않았다. 몸에 맞는 옷을 사는 게 옷에 몸을 맞추는 것보다 빠르고 쉬울 텐데, 그 어려운 일을 하겠다고 갖은 애를 썼다. 불가능한 일은 포기해야 하는데 도저히 포기가 안 된 것이다.

○

남편은 도무지 자리를 잡지 못했다. 전공을 살려 일한다는 것은 오십을 바라보는 나이로는 기적을 바라는 일이었다.

다행한 불행

사업을 하고 싶다지만 밑천이 없고 대출도 불가능했다. 그러던 중 평소에 남편의 처지를 안타깝게 여기던 선배가 솔깃한 제안을 해왔다. 차를 마련해주고 고액의 연봉을 줄 테니 함께 일하자는 것이었다. 월급의 액수가 커서 선배의 제안이 반갑기보다는 불안했다. 자세히 들어보니 남편이 받은 제안은 이른바 약간의 편법을 쓰는 일이었다. 그렇다고 법에 크게 저촉되는 정도는 아니었다. 오히려 남들은 기회가 오기만 기다리고, 못 해서 안달인 일이었다. 남편 또한 '한번 해볼까?' 하는 마음이 드는 것 같았지만, 해서는 안 되는 일이라고 말렸다. 남편이 그 일을 하게 되면 돈을 많이 벌어올 수도 있고, 다 늙어 무슨 복인가 싶게 인생이 활짝 필 수도 있겠지만, 눈 딱 감고 포기하라고 했다.

물론 내적 갈등이 심했다. 얼마나 갈등이 심했으면 내 인생은 왜 쉬운 게 하나도 없는지 신세 한탄을 하며 남편 몰래 울기까지 했을까. 훌쩍거리면서 돈을 포기하지 못하는 나의 한계와 평범함을 깨달았다. 그러나 결국 자식에게 떳떳하지 않은 일은 포기하는 게 옳다는 결론을 내렸다. 어찌 보면 그때가 인생 최초로 돈을 초월한 순간이었다.

그 후로 나는 내 욕심으로 가족을 들들 볶는 일이면 초월 쪽으로 가닥을 잡는다. 안간힘을 쓰면 어떻게든 되겠지만 나만 좋은 일이면 그냥 포기한다. 반면 아무 때고 방귀를 빵빵 뀌어대는 남편의 습관이나 고집 센 아이의 성격처럼 내 맘대로 바꿀 수 없는 일은 체념해버린다.

체념과 초월을 구분해서 적절히 받아들이니 인생살이가 조금은 편해졌다. 말이 좋아서 초월이고 체념이지 결국 포기다. '에라, 모르겠다. 사는 게 뭐 별거냐' 하고 포기하는 것이다. 살아보니 포기만큼 정신 건강에 좋은 게 없다. 그렇게 즐거운 포기를 하나둘 쌓으며 나이 들고 있다.

이해받지 못해서 하는 거짓말

남편은 거짓말을 할 때 태연하다. 얼굴색 하나 변하지 않아서 깜빡 속을 수 있다. 네 시 방향과 여덟 시 방향으로 처진 눈과 웃을 때 올라가는 입꼬리를 보면 거짓말과는 거리가 멀어도 한참 멀어 보인다. 순해 보이는 그 얼굴로 허튼 말을 하면 진짜인지 아닌지 헷갈린다. 개연성을 잘 따지고 눈치가 빨라서 거짓말을 찾아내는 데 도가 튼 나도 몇 번이나 속았다.

사실 남편은 거짓말을 할 필요가 없는 환경에서 자랐다. 자식이 하는 말이라면 말도 안 되는 말을 해도 잘한다고, 네가 옳다고만 한 부모님 덕에 눈치 없이 자랐으면 자랐지, 거짓말은 안 하고 컸을 것이다. 실제로도 거짓말 때문에 어이없던 기억보다 아무 말이나 눈치 없이 해서 나를 펄쩍 뛰게 한 횟수가 더 많다.

남편은 뭐든지 그럴 수도 있다고 생각하는 편이라 지하철이나 버스가 고장 나 제때 오지 않았다든지, 사야 할 물건이 있는 걸 깜빡 잊어버려 되돌아갔다 오느라 늦어졌다는 식의 사소한 거짓말은 하지 않는다. 한마디로 눈치를 밥 말아 먹은 인간이라 거짓말할 필요조차 못 느끼는 것이다.

그런 남편도 거짓말을 하다 들통난 적이 있다. 자기가 원하는 곳에서는 함께 일하자는 제안이 거의 없고, 별로라고 생각하던 회사에서 연락이 오는 게 못마땅하던 남편은 어느 순간 취업 자체를 회의적으로 생각했다. 나이가 많다는 걸 핑계 삼아 포기하고 싶은 마음이 생긴 것 같았다. 이런저런 곳에서 자존심을 구기느니 차라리 마누라에게 욕을 먹고 말겠다는 계산도 있어 보였다.

2년 넘게 노는 남편을 지켜보는 건 힘들었다. 집에서 빈둥거리고 있을 남편이 생각나는 건 항상 시내에 나갔다가

다행한 불행

집으로 들어갈 때였다. 사무실이 몰려 있는 곳이나 지하철에서 마주친 바쁜 남자들을 보는 날은 유독 마음이 답답했다. 저녁을 먹는 자리에서 결국 한마디 했다. 이렇게는 못 살겠으니 결단을 내리라고. 지금부터 딱 2주의 시간을 줄 테니 이것저것 따지지 말고 무조건 일을 시작하라고. 최초이자 마지막으로 쓴 압박 작전이었다.

이틀 후 기분이 좋은지 나쁜지 알 수 없는 애매한 얼굴로 남편이 말했다. 예전부터 함께 일하자던 친구에게 용기를 내서 연락했고 출근하기로 마음을 정했다는 것이다. 나는 압박 작전이 먹혀들어 다행이라고 생각하면서 남편이 출근할 때 입을 옷을 몇 벌 샀다. 타협이 이렇게 쉽다고? 고래 심줄보다 질기고 고집 세던 남편이 이렇게 쉽게 마음을 정한다는 게 미심쩍다고 느끼면서도 거짓말을 한다고 생각하지는 않았다. 나는 과장되게 기쁨을 표현했다.

드디어 출근 날 아침, 억지로 일어나는 것 같았지만 어쨌거나 남편은 출근길에 나섰다. 출근은 잘 했는지, 오랜만에 일하는 기분은 어떤지, 일은 할 만한지, 묻고 싶은 게 많았다. 점심시간쯤 전화를 걸었지만, 받지 않았다. 첫 출근이라서 바쁘겠지 하고 넘겼다. 남편은 다음 날도 전화를 안 받았고 그다음 날도 전화는 불통이었다.

사흘째가 되자 이상한 촉이 느껴졌다. 취업을 한 게 아니라 내 잔소리로부터 도망을 친 거라는 촉. 나는 속았다는 생각에 화가 났고 배신감이 이만저만이 아니었다. 절대 용서할 수 없다고 생각할 만큼 분노했다.

○

돌이켜보면 남편은 궁지에 몰렸다고 생각했던 것 같다. 궁지에 몰리면 사람은 무엇이든 한다. 일주일만 굶어도 도둑질을 할 수 있는 게 사람이다. 자신의 평온이 위협당하면 작은 약속 정도는 가볍게 무시한다. 절박한 상황에서 나타나는 인간의 비겁함은 자연스러운 본성인지도 모른다. 법정에서도 정상 참작이라는 이름으로 받아들이는 걸 보면 더욱 그렇다.

사람은 이득을 얻을 가능성이 있을 때 거짓말을 한다는데, 그때 남편이 얻으려던 이득은 무엇이었을까. 그것이 무엇이든 그 사건으로 인해 남편은 거짓말까지 믿어주던 아내

다행한 불행

에게 신뢰를 잃은 게 확실했다. 그렇게 거짓말이 들통난 이후, 늦잠을 자고 종일 텔레비전만 끼고 사는 남편을 보며 다시 속을 끓였다.

누가 돈을 많이 벌어 오래, 아침이면 집 밖으로 나가서 뭐라도 하라는 건데 그게 그렇게도 어렵나, 라는 말을 목구멍으로 삼켰는데도 내 눈치가 보이는지 남편은 말수가 점점 적어지고 울증과 조증이 번갈아 나타나는 증세까지 생겼다. 아무 걱정 없어 보이는 원래의 남편으로 돌아오는 데 꽤 긴 시간이 걸렸다.

그날 이후 나는 아무리 부부라도 타인이 할 수 있는 건 지켜보는 것뿐이라는 걸 알게 됐다. 남편을 변화시킬 수 있다고 생각한 것 자체가 오류였다. 변화를 간섭하는 건 오히려 변화에 방해가 될 뿐이었다. 그때부터는 그저 이 사람이 무너지는 것만 막아주자는 마음으로 옆에 있었다.

남편은 어설픈 협박이 먹히는 사람이 아니었다. 그보다 훨씬 효과적인 것은 관심받고 지지받고 있다는 느낌을 주는 것이었다. 내가 자기를 믿고 기다려준다고 느낄 때 흐트러진 마음을 다잡는 게 보였다.

옳다고 믿는 어떤 것도 완전하지 않음을 이제는 안다. 누군가가 거짓말을 했다고 천하의 몹쓸 사람으로 여기지 않는다. 나 역시 내가 백 퍼센트 올바른 일을 하고 있다고 생각하지 않는다. 지금은 남편의 생활 태도가 마음에 안 들면, 그저 조용히 내 생활을 돌아본다. 왜 이렇게 사나 하는 불만보다 이런 생활 외에 별다른 방법이 없다는 뻔뻔함으로 하루하루를 산다.

이런 삶에 만족하다 보니 이제 남편을 원망하는 일은 거의 없다. 다른 건 몰라도 거짓말만큼은 절대 용서할 수 없다고 생각했었는데 이제는 용서고 뭐고 다 부질없어졌다. 나를 이렇게 만든 세월은 정말 위대한 것이다.

당연한 어긋남

술을 조금이라도 마신 날이면 남편의 코 고는 소리는 대단하다. 8층인 우리 집에서 5층의 아랫집까지 들릴 거라고 장담할 수 있다. 그렇게 정신없이 몰아치다가 어느 순간 숨이 멎을 때가 있는데, 그때마다 나는 번번이 놀란다. 숨이 아주 끊어졌을지도 모른다는 방정맞은 생각 때문이다. 어제까지도 저 인간 때문에 못 살겠다고 해놓고 바로 그 인간이 맥없이 죽을까 봐 걱정하는 것이다. 남편이 돌아누우면서 막혔던 코에서 크르릉 컥! 하는 소리가 나면 험준한 고개를 넘은 듯 이내 조용해진다. 그러다가 다시 숨이 멎는다. 옆에서 자던 남편의 코 고는 소리가 끊겨져 겁이 난 아내가 남편 가슴에 귀를 대고 살아 있음을 확인한다더니, 내가 딱 그 꼴이다. 나도 남편을 흔들어 깨우는 대신 그의 가슴에 귀를 대었다. 심장 뛰는 소리를 확인하고도 그대로 귀를 대고 있으려니 눈가에 눈물이 조금씩 차올랐다.

마음의 각오를 단단히 했는데도 다시 시작한 결혼 생활은 힘겨웠다. 가장 난감했던 건 남편이 낯설다는 느낌이었다. 딸아이를 낳고 2년을 살았는데도 생판 모르던 사람처럼 여겨질 정도였다. 저렇게 먹는 데 열정적이었나? 저 정도로 많이 먹는 사람이었나? 저렇게 씻기를 싫어했나? 운전할 때 저 정도로 난폭했나? 잠꼬대가 이렇게 심하지 않았던 것 같은데? 뭐 하나 익숙하게 느껴지는 게 없었다. 남남으로 산 세월이 길다 보니 남편에 대해 알던 대부분의 것이 사라진 듯했다. 그나마 남은 것은 왜곡된 기억이었다. 나는 재결합을 한마디로 이렇게 표현한다.

"좋게 말하면 새로운 사람과 재혼한 듯 신선하고, 반대로 말하면 속은 기분이다."

다행한 불행

○

남편과 재결합하고 가장 힘든 점이 무엇인지 묻는 사람들이
많다. 빙그레 웃으며, 쉬운 게 하나도 없어요, 라고 대답하지
만 생각해보면 가장 힘들었던 건 남편의 충동성이었다. 그
의 충동적인 성향은 마트에서 장을 볼 때 뚜렷하게 나타난
다. 일단 쇼핑 목록에 없던 물건을 정신 나간 사람처럼 장바
구니에 담는다. 쇼핑 목록이라는 건 언제든 변할 수 있고 정
해진 목록대로 장을 보려는 의지는 아무짝에도 쓸모없다고
생각한다. 사실 내가 힘들어했던 건 충동 구매가 아니라 충
동적으로 사는 물건의 종류였다.

처음에는 왜 매번 자기가 할 줄도 모르는 김장 재료를 사
오는지 의아했다. 김치를 담그겠다는 말을 한 적도 없는데
배추와 총각무를 잔뜩 사 와서 개수대에 부려놓는다. 그러
면 나는 재료가 시들기 전에 다듬고 씻고 절여야 한다. 중요
한 일이 있어서 그럴 시간이 없는데도 시들어가는 채소를
두고 볼 수 없어서 어쩔 수 없이 배추를 씻고 헹군다. 화가
난 상태로 씻고 헹구면 배춧잎은 어느새 너덜너덜 찢어지기
마련이었다.

최근에 알게 된 남편의 MBTI는 '모험을 즐기는 사업가'라고 일컫는 ESTP다. 똑똑하고 직관력이 뛰어나 어디서든 적응을 잘하는 장점이 있지만, 자신만의 규칙을 만들려는 경향이 강하고 타인에게 그 규칙을 강요하면서 다른 사람의 규칙은 쉽게 어기는 편이라고 한다. 생각을 즉각적으로 행동에 옮기고 상대방의 감정을 고려하지 않는단다. 그러니까 남편은 배추가 싸다고 생각했고, 구매라는 즉각적인 행동을 한 것이다. 당연히 그러는 동안 내 상황이나 감정은 고려한 적이 없었을 것이다.

반면에 나는 INFJ. 계획형 인간이면서 지나치게 이상주의자며 완벽주의자다. 주관이 뚜렷한 만큼 고집이 세다. 계획을 세우기 좋아하는 내가 계획에 없던 김치를 갑자기 담그려니 속에서 천불이 난 것이다. 완벽주의자 성향인 내게 남편의 충동적인 행동이 허술해 보이는 건 당연하다. 황소고집이라 한 번 아니면 죽었다 깨도 아니라서 끝까지 옳고 그름을 따지다가 결론을 못 내고 제풀에 지쳐서 잃아눕는 건 항상 나였다.

○

지금 생각하면 배추가 뭐라고 총각무가 뭐 그렇게 대단하다고 그 난리를 치며 싸웠는지 모르겠다. 조금 더 현명하게 대처할 수도 있었을 텐데. 그때는 저 인간이 또 시작이구나 하면서 미워하기 바빴다. 생각해보면 성향이 비슷한 남자와 평생 사는 일이 더 싫을 수도 있겠다. 결벽증에 가까운 성격, 길고 긴 뒤끝, 집요함……. 나이 먹어도 고쳐지지 않는 나의 단점들을 남편에게서 보는 일은 끔찍할지도 모른다. 서로가 정말 비슷해서 영혼의 단짝 같다는 부부에게도 공허함이 찾아온다는 이야기를 들었다. 굳이 묻지 않아도 상대의 마음을 헤아리니 싸울 일이 없고 평화롭지만, 변화가 너무 없어서 느끼는 무기력함도 무시할 수 없다고 한다.

요즘에 나는 이 세상에 나와 다른 성격을 가진 사람이 있는 것이 얼마나 멋진 일인가 하는 생각이 들기 시작했다. 나처럼 일단 트집부터 잡아놓고도 마지막에 와서는, '될 대로 되라지. 에라 모르겠다' 하는 사람만 있으면 세상은 엉망이 되었을 것이다. 이제는 내가 경솔하게 험담하는 누군가에게도 감사하는 마음을 가지려고 노력한다.

이런 것을 알게 되기까지 정말 긴 시간이 필요했다. 내가 만드는 괴로움 속에서 살아보니 삶이 얼마나 피곤한지 말도 못 한다. 겪어보니 인생은 스스로 창조하는 즐거움 속에서 살아가지 않으면 괴로울 수밖에 없는 거였다. 결혼 생활도 마찬가지다. 창조하면서 거기에서 소소한 기쁨을 열심히 발견하면 신기하게 또 하루가 살아진다.

다행한 불행

남편의 아름다움

남편은 예술적 감성이라고는 눈 씻고 찾아도 없는 공대남이다. 그가 사 온 물건은 그대로 들고 가서 환불하고 싶다. 분리수거함에 버려도 이상할 게 없는 걸 돈을 주고 산다. 물건을 살 때는 언제나 기능이 아름다움을 앞선다. 먼저 기능과 아름다움 중 기능을 선택한 다음, 마지막으로 저렴함을 고려한다. 그렇게 선택한 물건은 제대로 기능하지 못할 때가 많다. 우리 집에서 아름다움은 자기 한 명으로 충분하다고 생각하는 건지, 도무지 아름다움에는 관심이 없다. 아름다움에 관심을 두는 건 언제나 나 혼자다.

한편 그는 다른 사람의 어려움을 지나치지 못한다. 꼭 내 입에서, 당신이 지금 그럴 때냐, 당신 코가 석 자야, 라는 말이 나오게 한다. 타인의 어려움을 두고 보지 못하는 남편을 나는 이해할 수 없다. 그때마다 나는 침을 튀겨가며 비아냥댄다. 남에게 인심 쓸 생각 말고 제발 네 앞가림이나 잘하라고. 남편의 오지랖이 나는 몹시 불편하다.

어느 날 남편이 헤어 디자이너 앞치마 주머니에 오만 원짜리 지폐를 찔러주다가 들켰다. 순간 분노가 치밀었다. 빠듯한 살림을 꾸리는 우리 형편은 생각지 않고 생판 모르는 사람에게 인심을 쓴 남편을 이해하기 힘들었다. 왜 그랬냐는 질문에 희소병을 앓는 아이를 키우면서 미용실에서 아르바이트하는 사정이 딱해서 자기도 모르게 주머니를 열게 되더라고 말했다.

"좋은 건 너 혼자 다 하는구나. 이 인간아, 내가 너 때문에 희소병을 앓게 생겼어. 그리고 팁을 누가 그렇게 모양 빠지게 주니? 계산할 때 같이 주는 거지. 계산은 계산대로 또 하려고? 나 몰래 주려니까 아주 손이 드릉드릉하지?"

그러나 돈은 이미 준 것이고 상황 종료다. 좋은 일을 하고 싫다는 사람에게 정신 차리라고 따귀를 올려붙일 수는 없는 노릇이고, 혼자 이를 부득부득 갈고 끝나게 될 일이었다. 곳간에서 인심 난다는 속담을 진리로 여기는 나로서는 남편의 행동이 주제넘고 이상하게 보였다. 다른 사람의 이야기에 귀를 기울이는 만큼만 내 이야기에 귀를 기울인다면 얼마나 좋을까. 잘 모르는 사람의 측은함은 뼛속 깊이 와닿으면서 어째서 아내의 측은함은 보지 않는지 참 미스터리다. 남편이 타인을 생각하는 마음에는 일관성까지 있어서 지금까지도 변함이 없다. 어쨌거나 심성이 나보다 아름다운 사람인 것만은 분명하다.

○

남편에게는 자기만의 세계 같은 건 거의 존재하지 않는 것 같다. 나는 그 점이 안타까우면서도 아쉽다. 이렇다 할 취미도 없고, 그런 데 집착하는 사람을 보면 자기가 한 수 위인 것처럼 말한다.

"허 참……, 부질없는 일에 힘을 빼는구먼."

그러면서 성철 스님이 하신 말씀을 읊조린다.

"사람들은 소중하지 않은 것들에 미쳐 칼날 위에 춤을 추듯 살지."

지금의 상황과 맞는 말이 아니라고 따지면서 나도 지지 않고 한마디 한다.

"성철 스님이 이런 말씀도 하셨대. '나를 모르는 사람이 어떻게 원수가 될 수 있는가. 나를 가장 잘 아는 아내와 자식이 원수가 되는 것이다'라고!"

산은 산이고 물은 물이로다, 라고 말씀하셨던 스님과 달리 남편은 물에 술 탄 듯 술에 물 탄 듯 산다. 사랑도 뜨겁지 않고 미움도 그런 편이다. 딱히 취향이랄 것도 없어서, 이게 아니면 안 되는 고집도 없다. 모든 것이 자연스럽게 흘러간다. 어떠한 억압도 느끼지 않는 듯 보이고 의무에 휘둘리지 않으며 책임감에 짓눌리지 않는다. 슬퍼할 일도 크게 없고 박장대소할 일도 없다. 고민과 후회는 이틀이면 끝이다. 어떤 상황에 놓여도 불안이 없다. 돈에 대한 욕심이 있었으나 다 오래전 이야기다.

젊을 때는 놀랍도록 대범한 면이 있었는데, 그래서인지 사고도 크게 치고 크게 망했다. 남편의 아름다움은 망했을 때 시작된 것 같다. 괴상한 콤플렉스도 없고 지나친 자기애도 없고 보기 불편한 자의식도 없다. 욕심도 없고 재산도 없고 거의 다 없다시피 하니 가난이 당연하지만, 가난 앞에 조급함마저 없다. 남편의 아름다움은 무(無)에서 만들어진다. 무 앞에 초연하기만 한 남편은 산에 살지 않을 뿐, 도인이다. 전후 사정이 이러하니 몸과 마음이 건강할 수밖에 없다. 알다시피 건강은 아름다움의 기본값이다.

○

눈부시게 매력적인 사람을 만난 적이 있다. 여럿이 만나면 그 남자가 유난히 돋보이고 대화가 재미있었다. 그런데 둘이 만나서 뭔가를 하면 어색한 느낌이 들었다. 그는 나와의 시간이 조금 심심한 듯 보였고, 내가 없는 자리에서 더 즐거울 사람이라는 생각에 자연스럽게 거리가 생겼다. 시선을 빼앗을 만큼 존경스럽고 대단한 능력을 지닌 사람이면 금상첨화겠지만, 내 팔자에는 그런 사람이 없었던 것 같다.

남편과의 만남은 특별한 계기도 없이 자연스럽게 이어졌다. 시종일관 느긋한 사람, 생각과 감정을 내려놓고 세상을 관조하는 듯 사는 남편이 지루하지만 지겹지는 않다. 반 평생 이상을 함께해도 지겨워지지 않는 사람이 결혼 상대로 이상적이라는 걸 본능적으로 알았던 것일까.

나는 여전히 남편을 이해하기 바쁘다. 그런데 지겨울 틈 이 어디 있겠나. 우울할 때, 순간의 기쁨을 놓칠 때, 아프거 나 슬프거나 화가 날 때, 그 사람처럼 모든 것을 하나의 현 상으로만 바라보고 싶다. 나는 진심으로 남편의 아름다움을 닮고 싶다.

어느 날 오후, 남편이 말했다.

"처음부터 결혼 생활에 대해 특별한 계획이 없었으니, 지 금의 삶에도 불만이 없어."

남편의 말은 조목조목 감탄스럽다. 이런 사람이 27년이 나 내 주위를 맴돌았다니 놀라울 뿐이다.

나잇값

결국 폐경이 왔다. 끝날 듯 끝나지 않았던 줄다리기가 완전히 끝났다는 걸 알게 된 건 여성호르몬 검사를 받은 병원에서였다. 의사가 컴퓨터를 들여다보면서 말했다.

"흠…… . 폐경이네요. 여성호르몬이 아예 없다시피 해요."

이미 알고 있는 사실을 통보받았으니 놀라지 않았다. 오히려 지난 30년 동안 생리 때만 되면 도지던 허리 통증에서 완벽히 벗어난다는 사실이 기쁘기만 했다. 무덤덤하게 받아들이면서도 인체의 신비에는 놀라움을 금치 못했다. 변화가 너무나 뚜렷했기 때문이다. 에스트로겐의 분비가 줄어들고 있다는 건 탄력을 잃어가는 몸을 보면서 알게 되었다. 어디 한 군데 푸석푸석하지 않은 데가 없었다. 물기라고는 없는 피부가 바람 빠진 풍선처럼 보였다. 엄마들의 머리카락이 부스스했던 이유가 아줌마 파마 때문이라고 생각했는데, 그게 원인이 아니라는 것도 알았다. 지금껏 살면서 단 한 차례도 뽀글뽀글한 파마를 한 적이 없는데 머리카락에 손만 갖다 대도 부서질 듯 마르고 힘이 없었다.

50살이 되면서부터 내가 조금씩 남자가 되고 있다는 걸 느꼈다. 그래서 그런지 나도 모르는 사이에 메이크업이나 패션에 점점 흥미가 없어졌다. 요즘은 무릎이 다 늘어난 운동복 바지가 가장 편하다. 외출복도 거의 바지다. 오랜만에 약속이 잡히면 전날 밤 잠시 생각한다. 옷장에 잠들어 있는 원피스를 한 번 꺼내? 그러다가도 막상 다음 날 아침이면 늘입는 검정 바지나 밴딩 청바지에 다리를 끼우면서 생각한다. 아……, 귀찮아……. 치마는 무슨 치마…….

아줌마들이 왜 그렇게 아웃도어 의류를 사들이는지 알 것도 같다. 울긋불긋한 등산복을 교복처럼 입고 모두가 똑같은 썬 캡을 쓴 모습을 보면서 고개를 절레절레 흔들던 때

다행한 불행

가 엊그제 같은데, 요즘은 그중 어떤 브랜드가 산뜻하고 예쁜지 유심히 살피게 된다. 거울은 아침에 세수하면서 보는 걸로 끝이고, 머리도 그때 한 번 빗으면 끝이다. 그마저도 손가락을 빗으로 쓴다.

각방을 쓰겠다 마음먹은 것도 그 무렵부터였다. 남편과의 접촉이 싫어지고 말씨나 몸가짐에서도 여성스러움이 사라져버려서 여자와 남자가 함께 사는 게 아니라 동성끼리 사는 것 같았다. 부부는 의리로 살게 된다더니 과연 그렇구나 싶었다. 나는 그런 무덤덤이 좋았다.

그러나 그 무덤덤함은 의외로 빨리 끝났다. 남편이 여성스럽게 변했기 때문이다. 사춘기 소녀처럼 걸핏하면 토라지고, 토라지면 오래갔다. 반드시 풀어줘야 했다. 어깨를 툭 치면서 "에이……, 왜 그래. 인제 그만 풀지"하고 먼저 손을 내밀어야 했다.

폐경이 왔다는 사실을 남편에게 알릴지 말지 신중하게 고민해야 한다는 말을 들은 적이 있다. 대부분 여자가 남편에게 그 이야기를 한 것을 후회한다는데, 그 이유가 좀 어이없었다. 아내에게 폐경 소식을 들은 남편들은 그날부터 아내를 할머니 취급할 뿐 아니라 잠자리마저 피한다니? 자신이 노년기에 접어들었다는 걸 인식하지 못하고 있다가 아내의 폐경 소식을 듣고 당황해서인가? 남들이 그러거나 말거나 병원에 다녀오자마자 남편에게 큰 목소리로 말했다.

"나는 이제 여자도 남자도 아니야. 온전한 한 사람이 된 거야. 그러니까 우리 어디 사람 대 사람으로 함께 잘 살아봅시다!"

○

한때 나이에 어울리게 살겠다는 생각에 집착한 적이 있다. 외모뿐 아니라 모든 면에서 그런 노년을 꿈꿨다. 이제는 나이에 맞게 사는 게 매력을 포기하고 살겠다는 선언처럼 여겨질 만큼 나이가 들었는데도 고집스럽게 나잇값에 집착했다. 요즘 세상엔 나이에 맞춰 살면 실제 나이보다 훨씬 늙어 보인다. 나와 비슷한 나이의 기운 넘치는 여자들을 보면서, 여전히 저런 에너지를 발산하다니 참 신기하네, 하고 약간은 비아냥댔다. 그러면서 나이가 들었으니까, 50이 넘었으니까, 나잇값을 해야 하니까 등등의 이유를 들어 나를 가꾸는 일에 소홀했다. 그랬더니 그런 일에만 무덤덤해지는 것이 아니라 건강까지도 사라지는 게 아닌가.

나에게 무심해지니까 가장 먼저 몸에 적신호가 켜졌다. 자신을 가꾸는 일과 건강이 깊은 연관이 있다는 사실을 모르고 있었다. 나를 가꾸고 싶은 마음을 잃어버리니 모든 의욕이 사라졌고, 심하게는 기억력까지 저하되는 것 같았다. 알고 보니 멋이란 걸 포기하면 순식간에 늙어버리는 거였다. 50대만큼 여성의 용모가 극명하게 나뉘는 나이는 없는 것 같다. 40대 시절보다 오히려 젊어지는 여자가 있는가 하면, 기다렸다는 듯 폭삭 늙어버리는 여자도 있다. 내가 그렇게 된다고 생각하니 기분이 좋지는 않지만, 어쩌겠는가. 세월을 돌릴 수는 없는 노릇이다. 만사를 귀찮아하는 나로서는 어려운 일이지만 최소한 나에게 무신경한 사람으로 보이지는 말자고 다짐할 뿐이다.

남편은 죽을 때까지 여성미를 간직한 아내와 살고 싶을지도 모르겠다. 그러나 그건 남편의 바람일 뿐이다. 나는 외모가 아름다운 사람보다 마음이 여유로운 사람이 되고 싶다. 다른 사람을 이해한다는 것, 그것이 어떤 것인지 나는 절대 알지 못한다. 앞으로도 그럴지 모른다. 하지만 나이가 들수록 누군가가 그럴 수밖에 없었다는 것을 더 잘 이해하는 사람이 되고 싶다. 어떤 사람의 불가피한 선택에 대해 이런저런 부정적인 말을 더하는 사람이 되지 말자고 다짐한다. 내가 하는 말 몇 마디가 누군가에게 상처로 남게 될까 봐 염려되어서 말하기를 주저하는 사람이 되고 싶다. 내가 실천하고 싶은 나잇값은 그 정도가 전부다.

운명에 대한 사랑

우리 부부의 싸움을 소재로 글을 쓸 기회가 여러 번 있었다. 그때마다 자세히 쓰려다 포기하고 대충 얼버무리고 말았다. 말하기 부끄러운 이유인 데다가 그 종류도 많아서 밤새워 말해도 시간이 모자란다. 싸움은 언제나 매우 어리석은 동기에서 시작한다. 남편에게 우리가 그동안 무슨 일로 싸웠는지 기억하냐고 물으니 그도 아무것도 기억나는 게 없단다. 그러나 정말 하찮은 이유였다는 것은 기억난다고 했다.

　그렇다면 도대체 왜 별거 아닌 일이 부부 사이에서는 싸움의 씨앗이 될까. 친구 사이나 남이라면 웃어넘길 일이 도

대체 왜 부부 사이에서는 말다툼이 되어 서로에게 욕을 퍼붓고 고함을 지르다가, 결국에는 저런 밉살스러운 인간은 세상에 없을 거라 생각하게 되고, 하필 저런 인간이랑 결혼한 게 미친 짓이었다는 생각을 하게 되는 것일까.

○

남편이 가장 기가 막혀 하는 것은 나의 논리다. 특히 답정녀 논리 앞에서는 돌아버릴 것 같다고 했다. 남자의 논리와 여자의 논리는 원래 본질적으로 평행선인 측면이 있지만, 이미 결론을 내놓고 답을 강요하는 데는 환장할 노릇이라는 거다. 남편이 말하기를, 나란 여자는 싸움이 시작되어 승부가 어느 한쪽으로 기울지 않고 팽팽하다고 느끼면 무슨 수를 써서라도 말로 설득하려 하는데, 자기 눈에는 이기려고 기를 쓰는 것으로 보인다고 한다. (누가 할 소린지.) 그때는 논리고 뭐고 없고 막무가내로 우기기만 한다는 것이다. 싸우는 도중에 자기가 항상 먼저 백기를 드는 이유도 논쟁할 필요가 없어서가 아니라 논쟁이 도저히 이뤄지지 않기 때문이라나? 폭력은 어떤 이유로도 쓰면 안 되지만 극소수의 남편

다행한 불행

들은 아마 싸울 때 아내의 논리 같지 않은 논리에 말로 지는 것이 분해서 무심결에 불끈하여 손이 올라가고 말았을 거라고, 자기도 완벽히 감정을 조절하지 못하는 지극히 평범한 사람이니 나보고 너그럽게 이해를 해달란다. 남편이 여기까지 말하면 나도 지지 않고 한마디 한다. 폭력을 쓰겠다는 협박이라고, 나는 당신의 말에 털끝만큼도 동의할 수 없다고.

남편이 분석한 내 싸움의 기술은 크게 세 가지다. 첫 번째는 일부를 전체로 바꾸는 기술, 두 번째는 어떤 사건을 확대하고 재생산하는 기술, 마지막으로는 작은 일 하나라도 모조리 기억하는 기술. 자기는 세 가지가 모두 진절머리 나지만, 가장 두려운 건 과거를 기억해내려는 내 의지라고 했다. 집요하게 끄집어낸 과거의 기억은 주로 내가 주장하려는 바를 뒷받침하는 근거로 쓰이는데, 그 끈질김에 혀를 내두르게 된다는 것이다. 자신은 오래전 끝난 일이라고 생각하고 그 일에 대해 이미 여러 번 사과했는데도, 과거의 이야기가 꼬리의 꼬리를 물고 계속된다는 것이다. 20년 전이나 27년 전에 있었던 일을 끝없이 반복해서 이야기하면 사라져야 할 망령이 자기 몸에 딱 달라붙은 것 같다고 했다. 자기니까 참

았지, 다른 사람 같았으면 벌써 삼십육계 줄행랑을 쳤을 거라고, 아무리 철벽같은 인간이라도 무너질 거라고 했다.

○

우리 부부의 싸움은 시원하게 승부가 난 적이 없다. 사과받은 기억이 없는 나와 사과했다는 남편의 기억 중 어느 쪽이 진실인지 여전히 알고 싶다. 나는 항상 제대로 붙고 싶었지만, 그때마다 남편은 더 이상 할 말이 없다는 듯 꽁무니를 뺐다. 생각해보면 산발이 된 머리를 쥐어뜯으며 독한 말을 퍼붓는 순간은 대부분 남편이 싸움을 얼렁뚱땅 끝내려는 낌새를 보이거나 시간이 가기만을 기다리고 있다는 걸 눈치챌 때였다. 남편이 그런 식으로 나오면 나를 무시하는 처사라며 울고불고 난동을 부리는 걸로 모자라 내가 얼마나 고통스러운 상태인지 보여줘야 직성이 풀렸다. 극단적인 방법을 쓰지 않으면 남편처럼 무감각한 사람은 갈등의 심각성을 알 수 없다고 생각했다.

　한참을 그렇게 퍼붓고 나면 반드시 유체 이탈의 순간이 온다. 거울을 통해 퉁퉁 부은 눈과 산발이 된 머리를 보고 나서야 과거에서 현재로 건너오게 된다. 내가 무슨 짓을 했는지, 얼마나 어린애처럼 굴었는지 천천히 깨달으면서, 조금 전의 난동이 부끄럽고 후회가 된다. 싸움도 잘하지만 반성도 잘하는 나는, 내키지 않지만 갈등의 원인을 내 쪽으로 가져온 다음 생각한다. 나는 나에게조차 엄격한 편이다. 그러니 남에게는 오죽할까.

성격상 남편과의 의사소통이 원활하지 않다는 느낌을 견디기 힘들어했던 것 같다. 아마 완벽한 소통을 바랐을 것이다. 애당초 불가능한 걸 가능하게 만든다고 그렇게 어리석은 세월을 보낸 것이다. 앞으로도 나는 남편과 싸우지 않고 지낼 자신이 없다. 다만 예전처럼 누가 이기나 두고 보자는 막무가내식의 싸움, 억지를 써서라도 무조건 굴복시키려는 짓은 안 할 것이다.

○

싸움도 열정과 힘이 있을 때나 가능하다는 말을 실감하는 요즘이다. 싸움은 입을 꾹 다물고 있는 냉전보다 진정성이 느껴지는 단계라는 싸움 선배들의 말에 슬며시 미소가 지어

질 정도로 기가 빠졌다. 나이가 들면서 내 쪽에서 먼저 움직이는 일이 적어졌다. 남편이 당장 화해를 원하지 않으면 말을 건네지 않는다. 혼자만의 시간이 필요해 보이면 눈앞에서 사라져준다. 남편을 이해시키려는 마음도 없고 나를 이해해주기를 바라는 마음도 없다.

그렇다고 남편을 대하는 마음이 진지하지 않다는 건 아니다. 다만 억지로 뭔가를 시도하지 않는다는 것이다. 인간이 타인을 완벽히 이해하는 건 어차피 불가능한 일이라는 걸 늦은 나이에 깨달았으니 부지런히 실천해보는 것이다. 부부관계란, 기본적으로 삐걱거리고 어긋날 수밖에 없는 것. 갈등 후의 서먹함과 껄끄러움을 겸허히 받아들인 뒤 나에게 달려오는 고통을 안고 자세히 들여다본다. 그러다 문득 남편과 나 사이에 조금이나마 남아 있던 어떤 반짝이는 것들이 남김없이 사라졌다는 사실을 알게 됐다. 우리 두 사람 주변은 온통 캄캄한 어둠뿐이다. 행여 죽음을 맞이하는 순간까지 칠흑 같은 어둠이 계속된다 해도 괜찮다. 어둠 속에서 빛을 기다리는 과정이 곧 삶이라는 걸 알기 때문이다. 이제는 이렇게 스러져가는 내 운명을 사랑한다.

다행한 불행

냄새와의 전쟁

언젠가 친구들과 아저씨 냄새에 관해 이야기를 나눈 적이
있다. 이야기의 주인공은 당연히 남편들이었다. 한 친구가
말하길, 요즘 자기 남편에게서 오래된 장판 냄새가 난다고
했다. 자기 집 바닥은 장판이 아니고 강화마루인데 왜 장판
냄새가 솔솔 나는지 이상하더라는 것이다. 몇 날 며칠 냄새
의 근원지를 찾으면서도 그게 남편에게서 나는 냄새라고는
꿈에도 생각하지 못했다며, 자기는 오히려 남편에게서 나는
특유의 냄새를 좋아했기 때문에 처음부터 용의선상에 남편
이 없었단다. 갑자기 누군가의 체취가 싫어질 때는 그럴 만

한 이유가 있어야만 가능하다고 생각하는 게 일반적이니, 그 이유만 찾다가 결국 자기 후각에 문제가 생긴 건 아닌지 의심도 했다고 한다. 옆자리에 있던 친구가 거들었다.

"야! 나는 심지어 땀 냄새도 좋았거든! 겨드랑이에 코를 박고 냄새 맡은 적도 있어!"

모두 달라진 남편의 체취가 질색이라는 데 공감하는 분위기였다. 얌전히 앉아서 우리의 수다를 듣던 일명 최 보살이 난데없는 선언을 했다. 자기는 남편에게서 나는 냄새를 계속 좋아하겠단다. 남편이 그 사실을 특별한 기억으로 간직하고 있어서 갑자기 싫다고 타박하기에는 머쓱하다는 것이다. 남편이 변한 것이 아니라 자신이 변했을 가능성이 더 크므로 참아줄 수밖에 없다며. 듣고 보니 최 보살의 말도 일리가 있었다. 처음부터 싫었다면 다들 그 남자들과 결혼했을 리가 없다.

○

냄새의 원인을 두고 여러 가지 설이 있다. 자동차 사이드미러에 안 보이는 사각지대가 있는 것처럼 중년의 남자에게 더러움 사각지대가 존재한다는 것이 정설에 가까워 보인다. 이 경우 냄새의 진원지는 귀 뒤, 사타구니, 샤워할 때 손이 잘 안 가는 부위일 가능성이 높다. 또 다른 학설은 조금 서글프다. 어떤 교수가 쓴 칼럼에서 읽은 내용을 옮기자면, 사람이 나이가 들면 어쩔 수 없이 내장 기관도 함께 노화하는데 몸속 정화작용이 젊은 시절보다 원활하지 않아서 입이나 땀구멍을 통해 냄새가 난다고 한다. 노화를 막을 재주는 없고, 결국 상대방을 배려하는 마음으로, 또 자신의 청결을 위해서 더러움 사각지대를 샅샅이 씻어야 한다는 이야기다.

솔직히 중년 여자인 나 역시 내게서 불쾌한 냄새가 날까 봐 신경이 많이 쓰인다. 신체의 노화가 냄새의 원인 중 하나라면 남편 못지않게 나도 늙고 있으니 냄새 앞에서 뻔뻔하기 힘든 것이다. 보살 친구의 말처럼 냄새난다고 남편을 구박하다가 "당신도 마찬가지거든?" 하는 말을 듣게 될 수도 있다.

부부가 냄새를 화젯거리로 삼게 되는 이유는 한 공간에서 상대가 피우는 냄새를 견디고 있기 때문일 것이다. 한시도 떨어지면 안 된다고 법으로 정한 것도 아닌데 한집에 살며 서로의 냄새를 견디고 있는 것이 좀 재밌기도 하다. 사촌 형제처럼 적당한 거리를 두고 좋은 사이로 지내는 것이 어쩌면 더 현명할지도 모르는데, 다들 꼭 붙어 있다. 그러면서 서로의 냄새에 속수무책이다. 남편과 나도 그 속수무책을 함께 겪고 참아가며 살아야 하는 날들만 남아 있는지 모르겠다. 그러니 타박만 할 게 아니라 피차 냄새나는 존재라는 걸 인정하는 편이 현명한 것이다.

○

최근에는 또 다른 냄새 문제로 마음이 심란했다. 자기가 먹을 음식을 스스로 조리하는 남편 때문이다. 남편은 언젠가부터 어른들이 봤으면 먹을 걸로 장난친다고 크게 혼이 날 만한 실험을 시작했다. 그의 요리법은 독특한 데가 있다. 냄비에 돼지고기와 소고기를 동시에 넣고 끓이거나 돼지고기와 고등어를 함께 끓인다. 채소는 기본적으로 세 종류 이상 넣는다. 거기에 다양한 가루 양념을 섞어서 상상조차 해본 적 없는 신기한 찌개를 만든다. 큰 들통에 끓여놓고 며칠을 먹다가 질리면 남은 찌개를 씨간장처럼 이용한다. 거기에 또 다른 재료를 첨가해 새로운 맛으로 재탄생시키는데, 그 때쯤이면 처음 찌개를 끓일 때의 구수한 냄새와는 다른 종류의 냄새가 나기 시작한다. 그렇게 30분쯤 끓이다 자신이 만든 결과물을 한 숟가락 떠서 코앞에 들이민다. 몇 번을 거절하다가 하는 수 없이 인상을 쓰면서 받아먹으면 그게 또 신기하게 먹을 만하다.

"맛이 괜찮긴 한데 그런 식으로는 끓이지 마."

나는 이렇게 말하면서도 남편이 달라지지 않을 사람이라는 걸 알기에 별다른 기대는 하지 않는다. 찌개의 비릿한 냄새가 괴로워 조심스럽게 재료의 궁합에 관한 이야기를 꺼냈다가, "맛만 있으면 그만이지 궁합 같은 게 필요해? 그렇게 창의력이 없는데 글은 어떻게 쓰나" 하는 핀잔만 들었다.

남편이 주방일을 시작한 건 글을 쓰는 나를 위한 배려다. 글 쓰는 시간을 늘려주려는 좋은 의도였지만, 결과적으로 방해가 되었다. 콧구멍을 휴지로 막아서 숨 쉬기 곤란한 상태로 써야 하기 때문이다. 산소가 부족해서인지 집중력이 떨어지는 바람에 글 쓰는 시간이 오히려 길어졌다. 우리 집에서 벌어지는 신기한 광경을 촬영하고 자막을 넣어 유튜브에 올릴까 생각도 해봤다. 이 장면의 연출과 주연을 맡은 남편은 웃기려는 의도가 없고 매우 진지하다. 나를 생각해주는 마음에서 시작된 일이라는 걸 알기에 그 정도 냄새쯤은 참아주자고 단단히 마음먹지만, 고역은 고역이다. 네가 그렇게 받아주니까 너희 남편이 자꾸 이상한 일을 벌이는 거라고들 하지만, 주방에 서 있는 남편의 뒷모습을 바라보고 있으면 아무 말 없이 창문을 열고 조용히 공기청정기를 틀게 되는 걸 어쩌랴.

살림은 잘 안 합니다

최근에 이혼한 친구를 만나 남편들이 아내에게 요구하는 다양한 역할에 관해 이야기한 적이 있다. 친구는 남편의 요구 사항을 해결하지 못해서 양심의 가책을 느끼며 살았다고 하소연했다. 자신이 뭘 그렇게 잘못했는지, 사는 게 왜 이 모양 이 꼴이 됐는지 이해할 수 없다고. 혼자가 되고 나서 자신이 가진 재능을 살려 일을 해보고 싶었지만, 그게 무엇인지 아직 찾지 못했다고. 재능을 알아채는 방법도 모르겠고, 그저 아무 욕망이 없는 사람이 된 것 같다고.

친구의 고민은 우리 세대의 여성들에게는 충분히 공감할

만한 이야기다. 연애를 시작하면 상대에게 내가 얼마나 여성적인지를 조금 과장해서 어필하는 게 당연한 시절이었다. 다들 태어날 때부터 요리 실력과 살림 능력이 있는 것처럼 굴었다. 젊은 날의 나도 마찬가지였다. 요리와 살림 능력으로 자신을 표현하지 않아도 된다는 걸 알 만큼 똑똑하지 못했다. 그럴 시간에 내가 잘할 수 있는 일을 하나라도 더 찾았더라면 여성으로서의 내 삶은 지금과는 약간 다른 방향으로 흘러갔을 터다. 여성스러움이 나의 본질적인 부분이 아니었는데, 왜 그렇게 여성스러움에 매달렸는지 모르겠다. 어쨌거나 여성스러움을 보여주고 나면 남자들은 이 정도 여자면 됐다 하고 만족하는 것 같았다.

지금은 어떤지 모르겠지만 그 시절의 아내는 적당히 수동적이면서 필요할 때는 야심가로 변해야 했다. 모성애가 넘쳐야 하고 자기희생은 당연했다. 작은 일에도 쉽게 충족감을 느끼는 한편, 경제적 능력과 강인함도 지녀야 했다. 심지어 성적 활력도 넘쳐야 하니, 이 많은 걸 능숙하게 해낼 사람이 과연 얼마나 될까. 아무리 생각해도 나는 야심을 가질 만한 큰 그릇이 아니었고 모성애는 버거웠다. 강인함은

다행한 불행

커녕 심신이 미약했고 성적 활력을 유지하려면 야관문에 의존해야 할 사람이었다.

설상가상이라고, 사는 게 맘대로 되지 않고 인생의 실패를 여러 번 반복하다 보니 불안 장애까지 생겼다. 어떤 일을 하기에 앞서 걱정부터 시작하는 버릇이 생긴 것이다. 안 되면 어떡하지, 실수하면 안 되는데, 하는 생각에 사로잡혀 완벽함에 매달리게 됐다. 실수나 잘못을 저지르지 않으려고 과도하게 긴장했다. 단지 긴장이 문제가 되는 게 아니라 잘못을 저지르지 않고서도 죄책감을 느꼈다. 좋은 기회가 오면 잘못할까 봐 두려워 차라리 포기하기를 선택했다. 이런 내적 동요를 숨기려고 지나치게 경계하다 보니 내가 누구인지도 알 수 없게 되면서 자존감마저 떨어졌다.

그때 갑자기 나타난 증상 중 하나가 청소와 정리벽이다. 깨끗함에 대한 집착이 무서울 정도였다. 집 안은 먼지 한 톨 없어야 했고, 설거지가 끝난 주방은 물기가 남아 있으면 안 됐다. 한 번에 서너 가지를 요리하는 동시에 설거지까지 하는 건 손이 빨라서도 아니고 살림 능력이 뛰어나서도 아니었다. 채워지지 않는 어떤 공허함을 메꾸기 위한 몸부림이었다. 타일에 달라붙는 기름은 요리하는 중에 닦아야 직성이 풀렸다. 주방은 지나치게 정갈했으며 침실도 군더더기 없이 필요한 물건들만 배치되어 있었다. 모든 일상이 아예 똑같은 모습으로 세팅되어 있어야 다른 일에 집중할 수 있었다. 내 손이 닿으면 요술을 부린 듯 생활의 흔적이 사라졌다. 집은 마치 사람이 살지 않는 견본주택 같았다. 그렇게 변한 집을 둘러볼 때 나는 비로소 심리적 안정감을 느꼈다.

○

깨끗함을 고집하며 지내던 어느 날 종자골염이 심해져 두달 동안 누워서 생활하게 됐다. 드디어 느슨해지지 않는 못된 성격이 바뀌는 계기가 마련된 것이다. 직립 보행이 안 되니까 집은 그야말로 쑥대밭이 되었다. 먹는 건 배달 음식으로 해결했지만, 나머지 집안일이 문제였다. 누운 자리 주변으로 거대한 폭탄이 터진 것 같았고, 방금 이사하고 짐을 막 부려놓은 것처럼 변해갔다. 남편이 정리한답시고 이리저리 바쁘게 움직이고 있었지만 어설프기만 했다. 자세히 보니까 정리를 하는 게 아니라 그저 물건을 여기서 저기로 저기서

다행한 불행

다시 여기로 옮기고 있었다.

손끝이 야무지지 못하고 일을 두 번 하게 만든다는 이유로 남편에게 집안일에는 손도 대지 못하게 했었다. 그랬더니 급기야 속옷이 어디에 있는지조차 모르는 사람이 되었다. 그런 남편을 보면서 불현듯 이제는 책임을 훌훌 털어버리고 싶다는 생각이 들었다. 갑자기 안 좋은 일이 생길지도 모르고 장기간 병원에 입원해야 할 수도 있었다. 지금 같은 혼란을 겪지 않으려면 미리 대책을 세워야 했다. 어느 날 남편도 기력이 떨어져 젖은 낙엽처럼 나에게 착 달라붙는다면 남은 인생 또 얽매일 수밖에 없다는 생각이 들었다. 그날부터 서서히 의도적 방임 상태에 들어갔다.

남편 스스로 요리하지 않으면 굶어야 하는 상황을 만드는 게 목표였다. 노화와 갱년기는 적절한 평계였다. 관절이 제발 좀 아껴 쓰라고 아우성치고 있었다. 55년을 쓰면서 고마움도 몰랐던 내 비양심을 나무라듯 여러 곳이 동시에 삐거덕댔다. 불행인지 다행인지 손목과 어깨와 무릎과 종자골은 과하게 움직이면 더 아파지는 관절이다. 무거운 냄비를 들어서도 안 되고 장시간 서 있어도 안 되고 오래 걸어도 안 된다니, 살림에서 손 떼기에 이보다 좋은 조건은 없었다.

나는 더 이상 밥에 얽매이지 않겠다고 선언했다. 씻고 다듬고 지지고 볶는 일에 시간을 빼앗기지 않겠다. 사 먹어도 되고 날것을 먹어도 된다. 그러니 이제부터 주방일은 각자 알아서 하자. 남편은 담담하게 받아들였다. 자기도 내가 집안일에 흥미가 없어진 걸 알았으며, 마음 편히 글을 쓸 수 있게 도와주고 싶었고, 호주와 뉴질랜드에서 도착하는 약과 건강식품을 보면 마음이 복잡했었다고.

끼니를 각자가 해결하기로 한 날 이후 굽고 튀기고 지지고 볶는 요리는 사라지고, 물을 붓고 끓이는 음식이나 해동하면 바로 먹을 수 있는 음식이 주가 되었다. 그것도 귀찮은 날에는 생식을 먹는다. 삶거나 생으로 먹는 음식이 많다 보니 자연스럽게 채소 위주의 식사가 되었다. 조리법을 바꾸니까 설거지가 많이 나오지 않고 당뇨 관리가 저절로 됐다. 남편은 요즘 자신이 개발한 5대 영양소 찌개를 심심하게 간해서 먹는다. 같은 찌개를 며칠씩 먹는 걸 보면 안쓰러운 마음이 드는데, 그럴 때마다 조용히 혼잣말을 한다. 성인이면 자신이 먹을 음식을 스스로 만들어 먹는 건 당연해, 라고.

　　　　　　　　　　　　　　다행한 불행

결혼을 새로고침

기억이란 신기한 구석이 있어서 생존에 방해가 되면 사라지거나 왜곡된 상태로 남겨진다. 의도한 것은 아니지만 자동으로 재해석되거나 선택된 기억만 남기도 한다. 고백하자면 나는 결혼기념일을 정확히 기억하지 못한다. 3월 23일 아니면 24일일 것이다. 결혼기념일을 기억하는 게 중요한지도 모르고 살았다. 오히려 결혼을 기념한다는 말 자체가 우습다고 생각했다. 그렇다고 결혼한 날의 기억을 떠올리며 그날의 의미를 새기고, 그때보다 더 깊어진 사랑에 감사하며 선물도 주고받고 못 가본 나라로 여행도 하는 그런 이벤트가 의미 없다고 생각하지는 않는다. 기념일을 통해서 기념할 일을 다시 만들고 즐거워하는 것도 사람 사는 재미 중 하나니까.

남들이 보기에 우리 부부의 삶이 재미없어 보이는 이유가 기념일 같은 걸 등한시해서인지도 모른다. 남편과 나는 마음이 맞는 일을 말하려면 말문이 막히는 사람들이다. 손가락 하나를 꼽기도 어려울 만큼 서로 다른 사람들이지만 둘 사이에 오글거리는 게 존재하는 건 똑같이 못 견디는 것 같다. 어떻게 결혼식 날짜도 모르고 사냐는 말을 몇 번 들었다. 듣고 보니 너무한가 싶어서 그날의 기억을 되살려봤지만, 정확한 날짜가 기억나지 않았다. 남편에게 물으니 더 웃긴 대답이 돌아왔다. 3월이었다는 것만 생각난다고 했다. 나역시 비가 오락가락했던 날씨만 또렷하게 기억난다. 아버지는 그동안 남의 경사에 갖다준 돈을 전부 회수했다고 환한 얼굴로 웃으셨던가. 엄마는 지인들에게 인사하는 나를 손짓으로 다급하게 부르고는 남들이 들을까 봐서인지 복화술로 "한복을 입었으면 좀 조심히 걷지, 걸음걸이가 그게 뭐니!" 하고 말했던 것 같다.

누구나 그렇지만 그날 여러 장의 사진을 공들여 찍었다. 심지어 친구의 지인을 동원해 꽤 유명하다는 사진사에게 맡겼다. 결혼 앨범은 그날 이후로 한 번도 펼쳐보지 못했다. 신혼여행을 갔다 온 직후에도 사진을 볼 시간이 없었는데, 이바지 음식을 가지러 간 친정집 현관에서 뇌졸중으로 쓰러진 엄마를 발견했기 때문이다.

남편이 사고를 치고 나서 아이를 업고 맨몸으로 집을 나왔을 때, 그 집에 놓고 나오는 것 중 아까운 게 하나도 없었다. 엄마가 마련해준 신혼살림도 아깝지 않은데 결혼 앨범은 무슨. 짐작이지만, 앨범은 누군가 불태웠을 것이다. 저 집에 있는 건 숟가락 하나까지 정나미가 떨어졌다고, 망한 인생은 이제부터 되살리면 된다고 중얼거렸다. 상황이 이렇게 되면 결혼한 날짜를 기억하는 게 이상한 일이다. 오히려 다 잊어야 목구멍에 밥이 넘어갔다. 그래야 살 수 있었다.

○

놀러 간 동네 친구네 집에 나무로 만든 기러기 한 쌍이 놓여 있었다. 결혼식 폐백 자리에나 어울릴 법한 물건이 있다는 게 신기해서 정교하게 깎인 기러기를 이리저리 살폈다. 뒤에 서 있던 친구가 말했다.

"아직도 이런 골동품이 있다는 게 웃기지?"

친구는 한때 결혼 생활이 생각했던 것과 달라서 고민이 많았다고 했다. 힘들 때마다, 남편이 미울 때마다, 특히 시댁이 싫을 때마다 결혼식장에서 들었던 성혼 선언문을 떠올리고 연애 시절의 추억도 떠올려봤지만, 마음이 잘 가라앉지 않았다며.

"청소할 때면 기러기 위에 뿌옇게 앉은 먼지를 닦다가 수컷 기러기의 목을 부러뜨리고 싶은 날도 많았어. 그렇게 속이 상하다가도 반질반질 닦인 기러기를 바라보면 이상하리만큼 결혼 생활과 살림살이에 애착이 생기는 거야. 지금껏 이혼하지 않고 산 건 순전히 내가 만든 일상의 흔적 때문인지 몰라. 어쩌면 그게 오래된 기러기를 지금껏 버리지 못하고 있는 이유인 건가."

친구의 말을 듣고 보니 내가 결혼과 관련된 어떤 것에든 아쉬움이나 애착을 느끼지 못하는 게 당연할 수도 있다는 생각이 들었다.

다행한 불행

누구에게나 흑역사가 있듯이 내게도 흑역사가 있다. 너무 많지만, 최고의 흑역사는 아무래도 결혼이다. 역사란 무엇인가. 그 내용이 어떻든, 사실을 기록하고 되새길 건 되새기고 남길 건 남기는 것이 역사다. 흑역사가 있으면 반복하지 않으려고 노력하면 되는 거지, 굳이 지우려고 애쓸 필요도 없다. 결국 역사는 흘러가는 것이니까. 흘려보내고 다시 쓸 수 있다니 얼마나 다행인가.

살다 보면 누구에게나 어쩔 수 없는 일이 생긴다. 기념할 만한 결혼 생활을 못 한 건 나로서도 어쩔 수 없는 일이었다. 어쩔 수 없었던 일이라서 좀 억울하지만, 일단 실패로 인정한다. 이 과정을 생략하면 다음 순서로 진입할 수 없고 또 다른 실패가 올 수도 있다. 그러니 인정하는 게 중요하다. 큰 소리로 말하는 것이다.

"나는 결혼에 실패했다! 그러나 후반부가 남았다!"

말 한마디로 역사를 다시 쓴다는 게 억지스러울 수도 있지만 말 한마디가 가진 상징성을 이용해보는 거다.

이로써 결혼이 새로고침됐다. 오늘은 2023년 3월 23일, 27년 전 오늘 남편과 내가 결혼했을 수도 있고 아닐 수도 있다. 그날과는 달리 오늘의 날씨는 맑다. 그런 일이 없었으면 좋겠지만, 후반부의 결혼 생활에도 실패의 흑역사가 이어질지 모른다. 운이 나빠서 실패한 채 인생의 막을 내릴 수도 있다. 내가 저 인간하고 다시 시작하는 게 아니었는데, 하면서 이를 부득부득 갈 수도 있다. 이 책 속의 모든 글을 불살라버리고 싶어질지도 모른다. 사람의 앞날은 알 수가 없으니까.

그러나 그렇게 되더라도 예전처럼 갈팡질팡하지 않을 것 같다. 결국 이렇게 되는구나, 하고 탄식 한 번 내뱉고 말 것이다. 분명한 건 "재결합의 실패가 인생의 실패는 아니잖아요?" 같은 뻔한 말은 하지 않을 거라는 사실이다. 무엇보다 그 나이까지 엄살떠는 인간이 되기 싫다. 머리카락이 하얗게 세서는 결혼이 어쩌니 남편이 어쩌니 엄살을 떠는 할머니가 되는 건 생각만 해도 우울하다.

각방을 쓴다

살면서 그럴 때가 있다. 판타지였던 일이 현실이 되었다고 느낄 때 말이다. 6평 크기의 내 방이 생기고 한동안 딱 그런 기분이었다. 원래도 부지런한 편은 아니었지만, 내 방이 생기고부터는 게으름뱅이가 되었다. 먹으면 눕는다. 누운 채로 핸드폰을 들여다보고 영화도 본다. 웬만한 신작 영화는 거의 누워서 봤다. 책도 누워서 읽는다. 바닥에 댄 등이 조금 아프다 싶으면 천천히 옆으로 돌아서 모로 눕는다. 적당히 미지근한 온도의 전기요에 몸을 앞, 뒤, 옆으로 돌리며 골고루 지진다. 그러다 보면 다시 잠이 온다. 자고 일어나면 또 먹는다. 신생아처럼 먹고 자고 먹고 잤더니 얼굴에 뽀얗게 살이 올랐다.

저녁이면 서쪽으로 난 창문을 통해 노을이 한가득 들어온다. 그때 재빨리 유튜브를 열어 알버트 하몬드의 〈For The Peace Of All Mankind〉를 들으면 내 마음에도 평화가 그득 찬다. 밤이 오면 창문을 활짝 열어놓고 별도 찾는다. 텅 빈 놀이터를 비추는 가로등 불빛이 낭만적으로 느껴진다. 사람들의 말소리, 세탁기 돌아가는 소리가 들려오지만 조금도 귀에 거슬리지 않는다. 그 순간 내 방의 평화를 방해하는 건 아무것도 없다. 자유와 무위도식, 그것을 실현해주는 내 방.

○

나는 혼자 노는 편이다. 여행이든 쇼핑이든 혼자 다닐수록 더 즐겁다. 같이 가는 여행은 아무래도 상대를 배려하느라 내키는 대로 행동하기 어렵기 때문이다. 더구나 낯가림까지 심해서 단체 여행은 생각지도 않는다. 이스탄불의 으슥한 골목에서 홀로 길을 잃는 한이 있어도 떼를 지어 다니는 여행은 안 하고 싶다.

내가 혼자 있기를 간절히 원하는 때는 잠잘 때다. 남편의 숨소리가 자장가처럼 들린다는 사람도 있고 남편의 몸 어딘가에 자기 몸이 닿아야 안심하고 잔다는 사람도 있다지만, 예민해서 그런지 나는 혼자 자야만 깊게 잘 수 있다. 옆 사람의 작은 움직임에도 잠이 깨서는 다시 잠들지 못한다. 내 뒤척임이 옆 사람의 수면을 방해할 수도 있다는 생각에 몸을 움직이지 못하고 얼음이 된 상태로 누워서 날이 새기만 기다린다. 아침이 되면 피로가 극심해져서 여행이고 뭐고 당장 집으로 가고 싶어진다.

누군가에게 방해받지 않고 몰두하고 싶은 게 많은 것도 내 방이 필요한 이유였다. 결혼은 아름다운 구속이라고, 따라서 어느 정도는 자유를 포기해야 한다고들 하지만, 그것도 젊을 때 가능한 것이다.

"부부가 TV와 휴대전화가 없는 상태로 작은 방에서 1박을 하게 되면 밤새 콘돔을 몇 개나 쓰게?"

친구가 내게 던진 이 엉뚱한 질문에 정답을 말할 수 있는 사람은 남편과 1박을 하며 여러 개의 콘돔을 쓴 본인뿐이다.

친구는 두 가지 의도로 질문했을 것이다. 하나는 지금까지도 여전한 남편의 정력 자랑, 또 하나는 'We still love'. 어쨌든 친구의 실험 결과대로라면 남녀가 한방에서 지내면 별달리 할 일이 없어서 성을 탐닉하게 된다는 건데, 나는 이게 좀 무섭다. 오히려 이로써 잘 때만큼은 각방을 써야 할 이유가 명백해졌다.

○

쉰다섯 살의 남자는 이제 잠에서 깰 때마다 쿰쿰한 냄새를 풍기게 됐다. 나도 별반 다르지 않다는 것을 잘 안다. 그러니까 부부는 냄새 공유자들이다. 바람직한 부부관계의 필수 덕목은 인내라고들 하지만 냄새만은 예외였으면 한다. 솔직히 한 남자를 27년이나 봤는데도 여전히 보고 있어도 보고 싶은 상태라면 어디가 아픈 거다. 듣기 좋은 꽃노래도 한두 번이지 종일 남편만 보고 살아가야 한다면 생각만 해도 지친다. 아마 남편이 더 그럴 거다.

우리 부부는 서로 얼굴을 마주하는 시간이 길면 길수록 피곤해진다. 남편과는 거리감이 없어야 애정이 쌓인다고 생

다행한 불행

각하는 사람이 주변에 많은데, 내 경우는 아니었다. 오히려 어느 정도의 거리를 유지했을 때 사이가 원만했던 걸 보면 이 역시 정답은 없는 것 같다. 내가 경험한 바에 따르면 절실한 관계는 인생에서 자주 오지 않는다. 따지고 보면 다 거기서 거기. 엄청난 사랑도 거의 없다. 그만큼 많은 시간을 인간관계에 썼으면 그만할 때도 됐다. 부부가 함께 하지 않아도 즐거운 일은 얼마든지 있다.

○

한 남자와 27년간 엮이면서 애정보다 중요한 것이 존중이라는 걸 알게 됐다. 우리 부부의 각방 쓰기는 서로에 대한 존중이다. 침실을 따로 쓰면 책도 맘대로 읽을 수 있고 음악도 취향대로 들을 수 있다. 코를 골아도 마음이 편하고 아무 때나 방귀를 뀌어도 상대에게 미안하지 않다. 사이가 나빠서 잠자리를 피하는 것과는 차원이 다르다. 밤이면 남편의 존재 자체를 거의 잊어버렸다는 자세로 마음껏 활개를 친다. 24시간 중 8시간이면 충분하다.

각방을 쓰니까 남편에 대한 애정이 살아났다는 사람들도

있지만 각방 쓰기가 그 정도 마법을 부리는 건 흔하게 일어나는 일은 아닌 것 같다. 다만 앞으로 내 인생은 오로지 나를 위해 살겠다는 열정만은 넘치고 있다.

젊은 시절에는 사랑이 식었다는 이유로 이혼을 하지만 50대에는 이대로 살다가는 자신을 잃을 것 같다는 생각이 들어서 이혼을 생각하게 된다는 이야기를 들었다. 그런 생각이 들면 이혼 도장을 찍기 전에 우선 각방부터 쓰라고 권하고 싶다.

다행한 불행

갱신과 업그레이드는 불가

남편은 입력이 잘 안되는 기계다. 그래도 어쩌다 입력이 되면 그다음의 갱신과 업그레이드가 불가하다. 새로운 정보가한 번 입력되면 그걸로 끝이다. 이미 얻은 지식을 다른 분야에 적용하는 법을 모르는 경우도 허다하다. 남편은 눈에 가리개를 한 말이다. 옆도 뒤도 돌아보지 않고 직진만 한다. 여기에 나이가 드니 의외의 몇 가지가 더 추가되기도 한다. 잔소리가 늘어난다. 언제부터 내게 관심이 있었다고 시시콜콜알려고 한다.

남편에게 나는 〈카페 라테를 좋아하는 여자〉로 입력되

어 있다. 여기까지는 팩트다. 〈가격이 저렴하고 포장만 가능한 특정 브랜드를 선호함〉. 이건 입력된 정보의 오류다. 나는 남편에게 입력이 잘못됐으니 바로잡자고 말하지 않는다. 그렇게 입력된 데는 내게도 어느 정도 책임이 있고, 그런 걸로 이러쿵저러쿵 말이 길어지는 게 몹시 귀찮기 때문이다. 커피값을 매우 아까워하는 남편에게 카페에 가자는 말을 잘 안 한다.

○

남편이 실내가 멋지게 꾸며진 카페를 지나가면서 묻는다.

"이런 데는 커피값이 얼마야?"

한 번 물었으면 됐지, 지나갈 때마다 묻는다.

"이런 데는 커피값이 얼마야?"

"5천 원에서 7천 원 정도지."

내가 대답하면 크게 한숨을 쉬며 혼잣말인지 들으라고 하는 것인지 모를 말을 한다.

"밥값보다 비싼 커피를 마시는 사람들이 차암 많아. 자기 돈을 어디에 쓰든 본인 마음이겠지만."

딱히 나쁜 말을 한 것도 아니고 자기 의견을 말했을 뿐인데 왠지 기분이 좋지 않다. 거기에 대고 나도 매일 저 자리에 앉아서 커피를 마신다고, 내일도 모레도 계속 마실 거라는 말이 잘 안 나왔다. 그런 속사정 때문에 남편에게 나는 1,500원짜리 테이크아웃 커피만 좋아하는 여자가 된 것이다. 솔직히 처음엔 좀 부아가 났지만, 나중엔 대수롭지 않게 여기게 됐다.

○

날씨가 몹시 추웠던 어느 날 남편과 함께 예의 그 테이크아웃 카페 앞을 지나가고 있었다. 남편이 물었다.

"당신 오늘은 라테 안 마셔? 좋아하잖아? 왜 안 마셔?"

그 말을 듣자 이상하게 기분이 상했다. 오늘처럼 추운 날엔 나도 근사한 카페에서 라테를 마시고 싶을 거라는 짐작은 왜 못 하는 걸까. 내가 먼저 말하기 전에 자기가 먼저 "추운데 들어가서 라테 마실까?"라는 말을 해주면 좋을 텐데. 남편에게는 어디서부터 어디까지 설명을 해줘야 할까. 대체 언제까지 이런 시시콜콜한 걸 알려줘야 할까.

그날따라 마음이 서운하고 답답했던 건 유난히 추운 날씨 탓이었으리라. 아마도 남편은 나의 1일 1라테 생활을 계속 이어주려고 했을 것이다. 자기가 내 기쁨을 기억하고 있다고, 그래서 같이 누리자는 나름의 표현이라는 걸 안다. 남편은 아내가 라테를 좋아한다는 정보가 확실히 입력되어 있지만 근사한 카페에서 마시고 싶을 때가 있다는 쪽으로 응용이 안 될 뿐이다.

비슷한 일은 너무나 많다. 결혼하고 여기 한 짝 저기 한 짝 아무 데나 벗어놓은 남편의 양말이 몹시 거슬렸다. 그래서 양말을 벗으면 반드시 두 짝을 함께 빨래통에 넣으라고 여러 번 말했다. 물론 그 당부는 한 번도 지켜지지 않았다. 아들의 생활 습관을 이렇게 만든 시어머니를 잠시 원망했지만 어쩌겠나. 총각 때의 버릇이 고쳐지지 않은 탓이라고 생각하고 넘어갔다.

살림을 합치고 나서 남편이 한 짝씩 아무 데나 벗어놓은 양말을 다시 발견했다. 내 집에서 남자의 양말이 또 아무렇게나 굴러다니고 있었다. 20년 만에 같은 일이 반복되고 있다는 게 웃기기도 했다. 혼자 살면서 양말을 빨래통에 넣으

다행한 불행

라는 잔소리를 들은 적이 없었을 테니 당연한 일일 것이다. 신혼 때와 달리 이번에는 남편에게 〈양말은 빨래통에 넣어야 한다〉는 정보를 재입력하지 않았다.

○

나는 더 이상 빨래통이나 양말 따위를 신경 쓰지 않게 되었다. 남편에게 이미 입력된 기본 정보에다가 새로운 사항을 더해서 입력하는 것은 엄청난 인내심이 필요한 일이다. 이제는 괜한 곳에 힘을 빼지 않는다. 세상을 떠나는 순간에도 남편의 머리맡에는 자기가 신었던 양말이 있을지 모른다. 일단 하나를 보고 가면 옆에서 뭐라고 하든 뒤에서 소리쳐 부르든, 그에게는 들리지 않을 것임을 이제는 안다. 벽창호처럼 답답하긴 하지만 그게 바로 남자들조차 어쩌지 못하는 남자들의 속성이라고 생각해버린다.

'그거 포기 아냐?'라고 생각할 수도 있는데, 그렇게 생각해도 좋다. 사람들은 포기를 달갑지 않게 여긴다. 나 역시 '하면 된다' '집념이 강해야 한다'라는 말에 지배당하며 살았다. 정신력이 약하면 되는 일이 하나도 없을 것처럼 의지를 불태우던 시절이 내게도 있었다. 그 시절의 열의가 남아 있다면 지금까지도 남편을 개조해야 한다는 생각을 멈추지 못했을 것이다. 다른 건 다 고쳐 써도 사람은 못 고친다는 말을 입버릇처럼 하면서도, 내가 이 인간의 고약한 버릇을 뜯어고치고 말 거라며 씩씩대고 있었을 것이다.

살아보니 남편은 과학도 아니고 실험 대상도 아니었다. 성분을 분석하고 철을 첨가해서 철이 든 사람으로 변화시킬 수 없었다. 지금은 남편이라는 사람 자체가 신기하면서 재밌다고 생각한다. 1일 1라테는 근사한 카페에서 나 혼자 이어가고 있다.

다행한 불행

남편이 변했다

요즘 남편들은 참 아내들한테 잘한다. 젊은 남자는 말할 것
도 없고 나이 든 남자들도 아내에게 잘한다. 아내에게 잘하
지 않으면 앞으로 살아갈 날이 괴로워질 거라는 공감대가
형성된 덕분일까? 죽을 때까지 큰소리치면서 살 것 같던 남
자들의 시대는 영원히 막을 내린 것 같다.

최근에 나는 싫어병에 걸렸다. 갱년기 증상인지는 모르
겠지만, 만사가 귀찮아져서 아무것도 하기 싫다. 심지어 입
에 밥을 넣는 것도 싫다고 생각할 정도다. 안 그래도 예민했
는데 갱년기가 오고 나서는 더욱 심해졌다. 남들은 아무렇

지도 않은 일인데, 나는 그냥 넘길 수 없는 일이라고 느낀다. 그런 자신에게 실망이 되고 그로 인해 몇 날 며칠 낙심하며 지낸다. 남편도 내게 참 피곤한 성격이라고 말하지만, 내 딴에는 살려고 그러는 거다. 밥 먹기가 귀찮으니 밥하기 귀찮아지는 건 당연한 일이다. 남편은 그런 나를 인간적으로 이해하려고 애쓴다. 평생 밥을 했으니 이젠 아내도 주방에서 은퇴하고 싶을 거라 생각하는 모양이다. 본인은 외식을 싫어하는데도 사 먹자는 말을 자주 한다. 쌀을 안 먹으면 식사가 아니라고 생각하던 사람이었는데 요즘에는 혼자 라면이나 짜장라면을 끓여 먹기도 한다. 약속이 없어도 밖으로 나가고 종종 외출 거리를 만드는 걸 보면 갱년기로 예민해진 마누라 눈치가 보이는 모양이다. 때로 산책에 나섰다가 꽃이 예쁘게 피었다며 꺾어다 준다. 꺾지 말라고, 정 주고 싶으면 꽃을 사라고 말해도 그 말은 듣지 않는다. (그런 말을 잘 들으면 그 사람이 아니다.) 주말이면 "1호선 타고 온양온천까지 갔다 올까?" 하고 농담인 듯 묻는다. 1호선의 끝과 끝을 오가며 시간을 보내려는 것이다. "아직 그럴 나이는 아니지!" 하면서 질색하는 척하지만, 끝까지 말릴 생각은 없다.

다행한 불행

밥을 먹으면 숟가락 놓기 바쁘게 설거지도 하는데, 그 몸짓이 경쾌해서 '설거지가 재밌나?' 하는 생각도 하게 된다. 외식을 권하는 것도 모자라 이제는 요리라고 불러도 될 만한 음식을 만들기 시작했다. 온전히 입에 밥 넣기 싫다고 노래를 불러대는 마누라를 위한 요리다. 처음에는 입에 넣기 괴로울 정도로 이상한 맛이었지만, 실력이 점점 좋아졌다. 나는 세상천지에 이런 별미는 처음이라는 듯 허겁지겁 먹는 척한다. 그러면 남편은 또 신이 나서 뭔가를 만들어준다.

요즘에는 쓸데없는 잔소리를 하지 않으려고 노력하는 것 같다. 어디 가냐고 묻고 싶은 걸 억지로 참는 게 보인다. 공연히 이런저런 참견을 했다가 본전도 못 찾는다는 걸 알게 되었나 보다. 어딜 가자고 하면 "왜 가?", 뭘 사자고 하면 "또 사?"라고 했던 남자는 어디로 가고, "당신이 필요하면 그래야지" 한다. 남편도 자기가 편안해지는 방법을 완전히 터득하게 된 것 같다.

O

변한 것이 있다면 여전한 것도 있다. 27년 동안 바뀌지 않았다면 그냥 포기해야 하는 배냇병이다. 그걸 알기에 변하기를 바라지 않는다. 남편은 낯간지러운 말을 못 하는 병이 있다. 마음에 없는 말을 하면 오히려 크게 실수한다. 새 옷을 사 입고 "나 어때?" 하고 물으면 대충 예쁘다고 대꾸해주면 될 텐데, 그걸 못 한다. 지나치게 사실만 말해서 상대를 아연실색하게 만든다. 빌려 입은 것 같다. 옛날 스타일이다. 당신이 입을 옷은 아니다. 심지어, 그렇게 입고 나가면 크~은~일 난다고 한다. 그런 말을 들으면 예전에는 기분이 별로였는데 지금은 마누라가 망신당할까 봐 걱정하는 마음으로 하는 말이라 여기고 웃는다.

○

친구들에게 "네 남편 여전히 일은 안 하니?" 하는 질문을 적지 않게 받았다. '일하는 척하면 될 걸, 굳이 일을 안 한다고 말해서 그런 불쾌한 질문을 받을까?' 하고 의문을 품는 사람들도 있었다. 솔직히 말하지만, 나는 남편이 직업이 있는지 없는지 내 입으로 이야기한 적이 없다.

그렇게 짐작하게 하는 사람은 다름 아닌 남편이다. 당사자인 남편이 부지불식간에 흘리는 것이다. 운동을 끝내고 삼삼오오 수영장을 나오는 시간에 누가 봐도 백수 같은 차림으로 슬리퍼까지 끌고 수영장 앞에 나타난다거나 남들 다 출근 러시아워에 시달릴 이른 아침에 마트에서 나의 동네 친구를 떡하니 마주치는 식이다.

"걔네 남편 집에서 노나? 아니겠지" 하다가도 그런 마주침이 반복되니까 804호 여자의 남편은 백수라고 확신하게 되는 식이다. 나름의 사정이 있을 거라고 생각하는 사람은 드물었다. 처음에는 속도 상했고 부끄러웠다. 학력이 부족한 것도 아니고, 대체 왜 저러고 있나. 마땅한 일자리가 없어서가 아니라 일할 생각이 없는 거라며 남편을 원망한 적도 많다. 그때와 같은 질문을 받으면 지금은 웃으면서 대답한다.

"일은 열심히 하는데 돈은 많이 못 벌어."

실제로 그렇다.

○

이제 나는 사소한 것들은 어쩔 수 없다고 생각하며 그냥 흘러가는 대로 내버려둔다. 어쩌면 살면서 자신의 의지로 결정할 수 있는 건 저녁 메뉴 정도가 아닐까 싶다. 그마저도 상황에 따라 바뀔 때가 많지 않은가. 운명을 자기 마음대로 이리저리 바꿨다는 얘기는 들어본 적 없다. 하늘에 맡긴 채 흘러가는 대로 사는 것이 옳은 것 같다. 그 흐름의 끝에 죽음이 있더라도 운명을 겸허히 받아들이는 수밖에 없다. 내가 대단한 사람이라서가 아니라 그 방법 말고 다른 방법은 알지 못해서다.

이쯤 되면 사람들은 마지막 질문인 양 묻는다. 이제는 남편과 사는 게 행복하냐고. 나는 여성의 행복이 꼭 결혼에 있다고 생각하지는 않는다고 대답한다.

다행한 불행

미운 쉰다섯 살

남편은 반찬 투정을 하지 않는다. 농사일로 허리도 제대로
펴지 못하던 어머니에게 반찬 투정을 했던 어린 시절을 생
각하면 눈물이 난다고 말했다. 그래서일까. 반찬이 달랑 김
치 하나라도 구첩반상을 받은 것처럼 먹는다. 그 모습을 보
면 부실한 밥상이 조금 미안하면서도, 뭐가 저렇게 맛이 있
을까 싶은 생각에 신기하다. 구첩반상을 받은 양반처럼 먹
는 건 아니고, 생전 처음 구첩반상을 받은 머슴처럼 좀 게걸
스럽다.

남편의 말에 따르면, 먹을 때는 입 안 가득 음식이 들어와

야 먹는 것 같단다. 그래서 숟가락 대신 숟가락과 모양이 흡사한 국자를 사용한다. 그 정도 크기의 숟가락으로 국물을 떠먹어야 성에 차기 때문이다. 나는 입이 터질 만큼 음식을 밀어 넣는 남편의 모습을 보면 함께 밥을 먹다가도 숟가락을 놓게 된다. 어쩐지 배가 부른 것 같고 입맛이 좀 사라지는 기분이 들어서다. 쩝쩝 소리와 후루룩 소리, 사기그릇 긁는 소리는 음식의 맛을 돋아주는 ASMR이다. 나는 매일 집에서 먹방을 본다. 문제는 내가 먹방을 좋아하는 사람이 아니라는 거다.

사실 그리 큰 흠은 아니다. 보기에 좀 민망한 습관일 뿐이라서 제발 그러지 말라고 말도 못 한다. 남에게 말해봐야 공감해주는 사람도 없다. 남편의 밥 먹는 습관 가지고 속 좁게 군다는 식이다. 그 정도가 무슨 고민거리냐, 신경 쓰지 않으면 되고 그런 게 신경 쓰인다면 애당초 결혼하지 말았어야지, 한다.

사실 밥 먹는 태도 정도는 남과 좀 달라도 큰 문제가 아니라는 것쯤은 안다. 다만 그런 일 하나하나가 쌓이고 쌓이는 동안 남편에게서 마음이 조금씩 떠나는 건 어쩔 수 없었다.

다행한 불행

이런 작은 일로 남편을 비난해서는 안 된다고 생각하면서도 도저히 마음을 제어하기 힘들었다.

○

남편이 정말 밉다고 생각하는 순간은 또 있다. 술에 취했을 때다. 평소에는 지나치게 점잖다. 말이 없는 걸 넘어, 꼭 해야 할 말까지 안 해서 복장이 터지게 만드는데, 술에 취하면 천박하다는 표현이 어울릴 정도의 사람이 된다. 술에 취한 남편과 술을 안 먹은 남편은 완전히 다른 인격이다. 어디에 그런 이상한 뻔뻔함이 숨어 있었는지 모르겠다. 사람이 한마디로 거리낌이 없다. 깨끗하게 청소한 화장실을 잠깐 사이에 관리가 잘 안된 공중화장실로 만든다. 말투는 중2병에 걸린 청소년과 비슷해진다. 시비를 걸어올 사람을 기다리듯, 누구라도 걸리면 바로 주먹을 날리겠다는 자세다.

그렇게 남편의 인격이 달라지는 걸 지켜보면서 음식을 게걸스럽게 먹든 머슴처럼 먹든 상관없다고 생각하게 됐다. 다른 건 몰라도 저렇게 끔찍하고 우스꽝스러운 술버릇만큼은 반드시 고치겠다고 다짐했다. 드디어 그날이 왔고 바보

같은 술버릇이 시작되었다. 나는 아무 말 없이 핸드폰을 쥐고 비디오 촬영 버튼을 눌렀다.

다음 날, 짧지 않은 두 개의 동영상을 숙취에 괴로워하는 남편에게 보여주었다. 그걸 본 남편은 입을 벌린 채 한동안 말이 없었다. 그러다가 처음 한 말이 "이게 뭐야?"였다. 나는 남편의 표현이 마음에 들었다. 거기엔 사람이 없었기 때문에 그 표현이 적당하다 싶었다. 양말을 벗고 싶지만 결국 양말을 벗지 못한 남자, 엉덩이에 반쯤 걸쳐진 청바지를 벗겨내려고 안간힘을 쓰다 마지막에는 욕을 하고 방바닥에 드러눕는 남자를 남편은 한참을 바라보았다. 넋이 좀 나간 것 같기도 했다. 하지만 그 속은 알 수 없었다. 영상을 본 기분이 어떠냐고 물어도 대답할 것 같지 않았다. 하나로는 끝나지 않을 것 같다는 자각이 들어 다음 영상을 틀었다. 두 번째 영상은 소리가 요란했다. 남편의 동공이 잠시 커졌다가 작아지더니 가라앉은 목소리로 "이거 왜 이래?"라고 말했다. 창밖을 무심히 바라보며, 벌써 개나리가 피었네, 라고 중얼거리는 사람의 음성처럼 심상해서 침묵과 다를 게 없었다. 그리고 마침내 그토록 염원하던 남편의 술버릇이 사라졌다.

다행한 불행

살다 보니 기적이라는 게 있었다. 이렇게 쉽게 고쳐질 줄 알았더라면 진즉 촬영했을 텐데, 당황하고 한숨만 쉬던 게 후회됐다. 어쨌거나 그날 이후 남편을 덜 미워하게 됐다.

○

남편에게서 고집을 부리는 모습, 옹졸하게 구는 모습, 나태하거나 엄살을 떠는 모습을 본다. 외모 역시 저 사람이 저렇게 스타일이 엉망진창이었나 싶을 때도 많다. 가장 많이 보는 모습은 늘 입는 무릎 나온 잠옷 바지 차림, 우걱우걱 밥 먹는 입 모양, 코 고는 모습, 일어난 후 까치집이 된 머리 같은 것이다. 그보다 더한 모습도 많다. 그에게 나도 마찬가지일 것이다. 만약 바라보기만 해도 심장 떨리는 이상형과 결혼했다면 그 많은 깨는 순간을 어떻게 극복할까? 그래서 이상형과 결혼한 사람 중에도 실망하고 이혼하는 사례가 있는지 모르겠다. 그러나 이상형이 아닌 사람과 결혼했다고 이상형과 비교를 안 하는 것도 아니다. 추성훈처럼 체격이 좋고 만능 스포츠맨인 남자가 내 이상형의 한 부분이라면, 남편에게 운동은 몸을 괴롭히는 고문일 뿐이다.

내가 우울증에 빠졌을 때 함께 원인을 찾아보고 관심 가져주길 기대했지만, 우울증의 심각함에 관한 이야기를 하다가도 눕자마자 1분 만에 코를 골았다. 그러고는 다음 날 서운함을 표현하면, 그래서 나보고 어쩌라는 거냐고 도리어 큰소리치는 사람이다. 그런 그도 멋져 보이는 순간이 있긴 하다. 그 순간은 대부분 기대하지 않다가 찾아오는 짧은 순간이라서 지금은 잘 기억나지 않는다.

○

나도 올해 쉰다섯을 넘었다. 한창 미울 나이다. 먹은 나이만큼이나 고집도 함께 늘었다. 나이가 들면 아량이 넓어지고 이해심이 많아진다는 말은 나에게 해당이 안 된다. 나는 순종적이거나 순한 아내는 절대 아니다. 살면 살수록 교활해져서 사소한 일은 남편이 원하는 대로 해놓고 정말 하고 싶은 일은 내 맘대로 하겠다는 속셈이 강해진다. 날이 갈수록 옷이나 물건에 관한 취향도 굳어져서 다른 사람의 취향을 존중하지 못하는 나쁜 버릇을 지금껏 고치지 못했다. 남편에게도 예외는 아니라서 둘이 함께 사는 집인데도 내 취향

다행한 불행

대로 꾸몄다. 당신의 안목은 어쩌면 그렇게 촌스럽냐며 남편의 취향을 단번에 무시했다. 그렇게 살다 보니 집에는 남편이 고른 물건이 거의 없다.

집은 마음 편하게 쉬는 곳이어야 한다. 집에서는 조금 방심해도 되고 자제심이 없어도 된다. 실수할까 봐 걱정할 필요도 없고, 오히려 자세나 표정이 느슨해지는 게 당연한 곳이다. 머리를 산발하고 의자에 다리를 쫙 벌리고 앉은 다음 음식을 먹어도 뭐라고 할 사람이 없는 곳이어야 한다. 밥을 먹다가 잠옷에 김칫국물을 흘릴 때, 그런 모습을 보고 더러워서 못 살겠다고 화내는 상대가 집에 있다면 어떨까. 집에 오면 밖에서 있었던 일을 시시콜콜 얘기하고 남의 험담도 한다. 집이야말로 비밀이 지켜지는 곳이니까. 거짓말은 할 필요가 없고, 잘 보이려고 애쓰지 않아도 된다. 내가 무슨 말을 해도 놀라지 않는 사람이 있다면 얼마나 마음이 든든할까. 내 집에서 긴장을 강요당한다? 상상만으로도 끔찍하다. 나 같은 사람과 함께 살았던 남편은 그동안 어떤 세월을 살았던 걸까.

행운의 김 여사

운전을 잘한다. 2종 보통 면허지만 27년 무사고 운전자다. 눈 감고 땄다고 느낄 정도로 단번에 면허증 소지자가 됐다. 모든 걸 한 번에 통과했다. 필기도 한 번에, 코스도 한 번에, 주행도 한 번에, 심지어 도로 주행도 한 번에 땄다. 얼마나 운전에 소질이 있었냐면 운전 강사가 나중에 할 거 없으면 운전을 가르치라고 했다.

내비게이션도 잘 읽는다. 골목길은 못 찾아도 큰 도로에서는 방향감각이 좋다. 내비게이션과 대화하는 걸 좋아하지만 시키는 대로만 운전하지 않는다. 내가 아는 길보다 더 멀

다행한 불행

거나 돌아가는 길을 알려주기도 하니까. 운전대를 잡으면 나는 누구보다 능동적이고 긍정적이다. 의기양양하고 두려움도 없다. 어디라도 갈 자신이 있고, 길이 좀 헷갈리더라도 결국 방향을 잡을 거라는 걸 알고 있으니까. 낡은 차로 다섯 시간을 운전해 부산에 가서 회를 먹고 해운대에 있는 나이트클럽에 가서 춤을 췄다. 친구랑 하릴없이 대전에도 갔다. 밤새워 운전해 정동진 해돋이도 봤다. 그렇게 낯선 곳을 돌아다녀도 즐겁기만 했다. 운전을 잘하는 나를 믿었기 때문이다.

운전만큼 사는 것도 자신이 있으면 좋으련만 인생은 왜 이렇게 난코스인지, 면허증을 소지한 세월과 삶의 방향을 잃고 우왕좌왕 산 세월이 얼추 비슷하다. 다행히 쉰다섯이 넘으니까 많은 생각이 변했다. 예전에는 누추하고 볼품없는 인생이라고 생각했다. 초라한 내 인생에서 무언가를 길러낼 수 있을 거라고는 생각하지 못했다. 남의 인생을 멀리서 바라보며 부러워만 했다.

나이가 든다는 건 좋은 일이다. 운전 능력을 삶에 적용하게 된 것도 순전히 나이가 들었기 때문이다. 요즘은 운전할 때만큼 사는 게 여유롭다. 시속 100킬로로 달리나 50킬로로 달리나 도착 시간이 거의 비슷하다는 걸 아는 모범 운전자처럼, 사는 속도도 느긋하고 여유롭다. 오늘은 빨간 신호에 걸려 자주 멈췄다면 내일은 다를 거라는 걸 경험했으니, 오늘의 불행을 내일로 끌고 가지 않는다.

한때, 힘든 날이면 작고 낡은 차 안에서 음악을 크게 틀고 엉엉 울었다. 실컷 울고는 뒷좌석에 있는 휴지로 코를 풀고 백미러로 퉁퉁 부은 얼굴을 한 번 확인하고 차에서 내리면 슬픔이 어느 정도 가셨다. 이만큼 나이가 들었어도 힘이 들면 그날처럼 엉엉 운다. 울고 나면 상황이 좀 달라진 것 같고 배가 고파진다.

○

매일 운전하고 출근하고 먹고사는 일을 고민하던 그때나 지금이나 달라진 것은 없다. 그때도 지금처럼 일주일 내내 좋은 일이 이어지지 않았고, 일주일 내내 나쁜 일이 이어지지도 않았다. 남편 없이 혼자 벌 때나 남편이 벌어 오는 지금이나 형편이 그대로인 것도 똑같다. 딱 하나 달라진 것이 있

다행한 불행

다면 나쁜 일도 결국 지나간다는 걸 알게 되었다는 것이다. 이런 작고도 소소한 자부심으로 오늘을 살아간다.

운이 없다느니 운이 나쁘다느니 하며 투덜거린 세월을 합치면 10년은 될 것이다. 체념하고 인생을 포기한 적도 있다. '사는 거 뭐 별거냐? 어차피 엉망진창, 좋은 일이 일어날 턱이 없지' 하는 식으로 부정적인 생각에 사로잡혀 살기도 했다. 하지만 이제는 "나는 운이 너무 좋아!"라는 말을 입버릇처럼 한다. 자칭 행운의 김 여사다. 혼자 있을 때 나를 그렇게 부른다.

그랬더니 운이 정말 좋아졌다. 운이 얼마나 좋으면 쉰네 살에 작가가 됐을까. 암은 수술 이후 한 번도 재발하지 않았고, 남편은 끔찍한 술버릇을 고쳤다. 그렇게 염원하던 내 방이 생겼고, 각방을 써도 남편과 사이가 나쁘지 않다. 갱년기도 예상보다 조용히 지나가는 중이고 다정한 문우들도 제법 많이 생겼다. 심지어 아무 글이나 막 써도 재밌다고 말해주는 독자까지 생겼다. 나보다 운이 좋은 쉰여섯 살 여자가 또 있을까.

흔들리는 줄에 매달렸던 곡예사 인생이었다. 그 줄에 간

신히 서서 균형을 잡으려고 애를 썼더니, 줄 위에서 노는 법을 터득하게 됐다. 더 이상 남편이 밉지 않으니 사는 게 신이 났다. 그래서 인생이란 게 참 재밌다.

다행한 불행

적당히 살고 싶다

봄을 맞아 오래된 가구 몇 개를 밖으로 내놓고 넓어진 집 청소를 했다. 종일 동동거리며 몸을 움직였는데도 잠이 오지 않는다. 가구가 없어진 휑한 거실에 앉아 있으니, 버릇처럼 어려웠던 시절이 생각난다. 공과금과 도시가스비를 걱정하며 밤잠을 이루지 못한 15년 전을 자꾸 떠올리는 건 내가 앓는 일종의 고질병이다. 그런 종류의 불안감은 이상하게 완벽히 없어지지 않는다. 가장으로서의 책임감에 짓눌렸던 그때를 돌이켜보면 힘듦이나 고난보다는 보람과 자부심이 더 큰데도 그렇다. 그 시절이 없었다면 내 힘으로 마련한 이 작은 집이 주는 기쁨을 모르고 살았을 것이다. 그러니 조금 오래 기뻐해도 좋을 텐데, 어둠이 깔리면 내 마음은 여지없이 서글퍼지는 것이다.

○

막걸리 한 병을 마신 남편이 먼저 잠이 든다. 나는 언제나처럼 시작되는 그의 거침없는 코 고는 소리를 들으며 고작 이 작은 집이 주는 안락함과 막걸리 한 병의 포만감, 벌이가 많든 적든 출퇴근에 얽매이지 않는 일에 만족하는 그의 소박한 성향을 측은해하면서도 미워한다.

나는 돌아누워서 어릴 때부터 했던 상상 놀이에 빠져든다. 부자가 되는 상상은 아무리 해도 싫증이 안 나고 오히려 할수록 재미가 있다. 단지 상상만으로 끝나지 않을 듯한 현실감을 느끼는 것은 아마 생각날 때마다 한 번씩 사는 로또 때문일 것이다. 뒷마당에 자쿠지가 있는 집에서 봄이면 꽃 모종을 살 것. 직접 심으면 절대 안 된다. 꼭 정원사가 심어 줘야 한다. 상상인데 좀 허무맹랑하면 어떤가. 한국에서 공연하는 모든 뮤지컬을 매회 VIP석으로 예약할 수 있는 거리

다행한 불행

낌 없는 소비 생활. 보석이나 명품에 그다지 관심이 없지만, 돈이 차고 넘친다면 뭘 못 하겠는가. 동생 부부에게 유럽 여행권을 척척 선물하고, 가는 길에 용돈이나 하라며 만 유로를 통장으로 쏴주는 상상을 하다가 '오늘은 여기까지!' 하며 자제한다.

나에게 남편의 코 고는 소리는 허망한 꿈은 인제 그만 깨라고 울리는 종소리다. 드르렁 컥! 소리가 들리면 뒤를 돌아 세상모르고 잠든 남편의 얼굴을 바라본다. 그의 얼굴에는 시름 따위는 모르는 사람의 낙천성과 불면을 겪어본 적 없는 사람의 건강함이 있다. 남편이 나에게 줄 수 있는 것과 내가 남편에게 바라는 것의 간극을 나는 그런 순간에 깨닫는다.

○

나이가 들면서 적당히 살겠다는 꿈이 생겼다. 낙천적인 성격의 남편과 살면서 품게 된 소망이다. 그러나 '적당히'가 대체 얼마만큼인지 모르겠다. 내가 확실히 아는 건 적당히 산다는 것 자체가 매우 어려운 일이라는 사실이다. 부자도 많이 보이고 가난한 사람도 자주 눈에 띄는데, 적당히 사는 사람들은 잘 안 보인다. 속으론 혹시 가난해지면 어쩌나 불안에 떨며 부자 흉내를 내고 사는 사람은 많은 것 같은데, 적당히 사는 것에 긍지를 느끼는 사람은 못 봤다.

아름답지도 추하지도 않아서 사람들 눈에 띄지 않는 삶을 살길 바란다. 너무 똑똑하지도 너무 우둔하지도 않아서 내 힘으로 관찰하고 생각해서 겨우 깨친 뭔가를 나직이 표현하면서 사는 사람이 좋다. 사랑하지만 나를 잃을 만큼은 아닌 정도의 사랑, 미워하지만 나를 해할 만큼은 아닌 정도의 미움을 가지려고 한다. 열심히 살지도 게으르게 살지도 않아서 적당히 피곤하고 적당히 반성하는, 이도 저도 아닌 상태. 그런 삶이 가장 편안하다.

물론 '적당히'가 안 될 때도 있다. 글로써 나만의 세계를 만들고 싶은 욕심만큼은 포기하지 못한다. 그것만큼은 시시해지기 싫다. 유머를 향한 집념 또한 간직하고 산다. 글로 사람들을 웃기고 싶은 마음만은 진지한 걸 보면 전생에 광대였는지도 모르겠다.

그것 말고는, 적당히 좋은 인생이면 된다. 물에 술 탄 듯 술에 물 탄 듯. 너무 정확한 유추는 '적당히'를 추구하는 사람에게는 어울리지 않는다. 어중간한 사람에게도 어중간한 고집은 있다. 적당히 사는 것은 어쩌면 시시하게 사는 건지도 모르겠다. 나는 어차피 시시한 사람이니 딱 맞는 노릇이다. 내일의 즐거움을 위해 오늘은 김밥 몇 줄을 둥글게 말면서 그렇게 살아가고 싶다.

남편의 두 마음

"작가님! 건조기 사셨어요? 아직도 안 사셨다고요? 와, 은근히 고집 있으시네. 인제 그만 하나 들이시죠."

이런 인사를 줄기차게 들었다. 독자들의 염원대로 드디어 건조기를 샀다. 《사생활들》을 읽은 독자들에게 건조기가 얼마나 편리한 가전제품인지 귀에 못이 박히도록 들었기에 꼭 사겠다고 마음먹고 있었다. 그래도 결제하기까지 시간이 좀 걸렸다. 남편의 눈치를 봐야 했기 때문이다.

값이 나가는 물건을 살 때는 남편의 허락을 받는 척한다. 평소의 언행과는 어울리지 않게 난데없이 무슨 허락이냐고 의아해하겠지만, 상의보다는 허락을 구하는 행위에 가깝다. 나도 솔직히 치사하다고 생각하지만, "건조기가 그렇게 편리하다는데 사도 될까?" 하고 물었다. (건조기를 사겠다고 분명히 정했지만) 아직 마음을 정하지 못했는데 당신의 허락이 떨어지면 사겠다는, 일종의 쇼라고 할 수 있다.

내가 일부러 그런다는 걸 남편도 충분히 안다고 생각한다. 남편은 내가 절차를 밟듯 형식적으로 허락을 구한다는 것을 알면서도 지금껏 한 번도 흔쾌히 사라는 말은 안 했다. 약간의 거드름을 피우면서, "당신이 필요하다면 사야지" 하고 마지못해 허락하는 척한다.

내 돈으로 사는 물건인데 왜 매번 남편의 허락을 받아야 할까? 생각하면 억울한 측면이 없지는 않지만 어쩌겠는가. 물건을 살 때마다 자존심이 상하니 어쩌니 하며 싸울 수도 없는 노릇이고, 서로 기분 좋게 해결해보려는 나만의 궁여지책이다. 값나가는 물건을 내 맘대로 살 때면 무시당했다고 느끼는 그 사람의 처지를 모른 척할 수만은 없다는 게 나의 솔직한 마음이기도 하다.

○

남편의 복잡하면서도 단순한 마음을 이해하기 어려울 때면 언젠가 읽은 영국 빅토리아 여왕의 일화를 생각한다. 어느 날 여왕이 남편의 방문을 노크했다. 그러자 안에서 물었다. "누구요?" 여왕은 습관대로 "여왕인데요" 하고 대답했다. 그랬더니 아무 말이 없었다. 다시 문을 두드리자, 안에서 남편이 물었다. "누구요?" 여왕은 바꿔서 말했다. "당신 아내예요." 그러자 문이 열렸다나 뭐라나.

무슨 시대에 맞지 않는 얘기냐고 묻는 사람이 분명히 있을 것이다. 하지만 남자 마음이 그렇단다. 그 복잡하고도 단순한 마음을 고친다고 한들 고쳐지겠는가. 남편에게는 나에게 기대고 싶은 마음과 나를 리드하고 싶은 마음, 이 두 가지가 공존하는 것 같다. 내가 돈을 많이 벌어서 온달처럼 마누라 덕에 어깨 펴고 살아봤으면 하는 마음과 "당신이 벌어오는 돈 까짓거 그거 없어도 돼. 당신은 그냥 내가 벌어다주는 돈으로 살림이나 해" 하고 큰소리치고 싶은 마음. 그런 이중적인 마음이 있어도 자신의 경제적 상황이나 처지를 생각해서인지 "당신은 이제 좀 쉬어!" 하고 큰소리 한 번 치지 못했다. 그때마다 쪼그라들었을 남편을 생각하면 마음이 아프다.

　살림살이 하나 사는데 굳이 그렇게까지 해야 하냐고 묻는다면 나는 이렇게 대답할 수밖에 없다. 남편이 인식하지 못하고 스스로 작아질 때 그의 모자란 부분을 덮어주는 것, 단지 그것뿐이라고. 왜냐하면 많은 순간, 작아지는 사람이 나일 수도 있기 때문이다. 부부간에 할 말은 하고 서로 솔직하면 되지 어느 한쪽이 져주고 속아주는 건 시대에 맞지 않다는 지적을 한다면 대꾸할 말이 궁하다. 나 또한 남편의 이중적인 마음을 이해하기 힘들 때가 많다. 이렇게까지 하면서 살아야 하나? 언제까지 입에 발린 말로 기분을 맞춰줘야 하는지 솔직히 답답한 마음이 들기도 한다. 그러나 시대가 달라져도 결혼이 존속하는 한 남자의 마음이 두 갈래라는 사실은 변하지 않을 것 같다.

　남편은 나를 예민하고 까칠하고 독하면서도 맹한 구석이 있는 여자로 생각하기도 하지만, 잘난 아내로 생각해줄 때도 있는 것 같다. 울화가 치밀면, 당신만 안 만났어도 내 인생은 지금과 다를 거라고 대놓고 말했지만, 속마음이 어쨌든 남편은 한 번도 다른 여자를 만났으면 인생이 폈을 거라는 말은 하지 않았다. 내게 마음을 주고부터는 지나치다 할 만큼 전력을 다했고, 다한 만큼 욕구가 충족되지 않으면 상처받았고, 더 나아가면 나 몰래 삐지는 게 전부였다.

나는 남편이 돈 몇 푼 때문에 작아지고 슬픔을 느끼고 절망을 숨기고 쾌활한 척 거짓으로 웃어 보이는 건 싫다. 내가 그래봤기 때문에, 그게 얼마나 사람을 죽이는 일인지 알기 때문이다.

자기 귀환의 시간이 도래했다

이상하게 들릴지 모르지만, 옛날에 나는 반항아 같은 사람이 좋았다. 그런 사람에게서 보이는 약간의 껄렁함이 좋았다. 반항아들은 남들이 가는 길을 거부하고 자신이 옳다고 믿는 길로 가는 고집이 있을 거라는 막연한 믿음이 있었다. 그들에게 있는 특유의 까칠함이 조금 더 현실적으로 보였고 땅에 발을 단단히 붙인 것 같았다. 그런 남자는 적어도 자기 여자와 가족에게는 든든한 보호막이 되어줄 것 아닌가.

반항아에게 끌리더니 마음의 화살표가 번번이 나쁜 남자가 있는 방향으로 향했다. 결국 나쁜 남자와의 연애에 실패

하고는 순수한 사람을 만나겠다고 마음을 고쳐먹었다. 남편을 처음 만나고 나서, 요즘 세상에 보기 드문 순수한 사람이라고 생각했다. 드디어 나쁜 남자를 피했다며 안심도 했다. 나를 보는 눈빛부터 달랐다. 닿으면 델 것처럼 뜨겁긴 했지만, 성인물을 연상하는 눈빛이 아니었다. 그의 과묵함, 상대의 말을 경청하는 태도, 부처님 같은 조용한 미소, 활짝 웃을 때 하회탈로 변하는 얼굴을 본 사람이라면, 누구라도 그를 순수한 사람이라고 생각했을 것이다.

어린 시절부터 남의 말을 지독하게 안 들었다며 시어머니가 들려준 남편의 일화는 흥미로웠다. 농번기가 되면 부모님을 돕기 위해 형제들이 모두 논으로 나가는데, 남편만은 예외였다고 한다. 다른 아들들은 부모의 농사법을 따르며 조용히 일손을 거드는데 혼자 시키는 대로 하지 않았다. 어쩌다 논에 나가는 날이면 농사법이 잘못됐다며 투덜댔다. 농사를 지으며 평생을 살아온 부모님이 듣기엔 터무니없었지만, "우리 아들놈이 농사일에 관심이 많네" 하고 오히려 기특하게 여겼다. 그렇게 농사에 대해 한참이나 아는 척을 하더니만 어느 순간 주위가 조용해져서 돌아보면 투덜이는

다행한 불행

사라지고 농기구만 덜렁 놓여 있었다고 한다. 어머님은 그 이야기를 전해주면서도 아들 자랑을 늘어놓으셨다.

"사람이 똑똑하다 보면 그런 고집도 있기 마련이다."

시부모는 그런 아들을 존중하면서 키웠다. 그래서 씻지 않고 더러워도, 나설 자리 안 나설 자리를 가리지 못해도, 받은 만큼 돌려주지 않아도, 고맙다는 말 한마디 할 줄 몰라도, 그저 존재만으로 귀하게 여기며 키우시는 바람에 이 모양으로 사는 거라고, 그때 혼내셨어야죠, 라는 말씀을 드리지 못했다. 다 부모가 자식을 사랑하는 마음에서 비롯된 일이라는 걸 아는 나이가 되었기 때문이다.

○

어느 날 새벽에 일어나 차를 끓이면서 문득 떠오르는 생각이 있었다. 사는 것은 무엇일까. 사는 것이란 싸움질인가. 매일 악전고투에 임해야 하는 나는 무엇일까. 나와 다른 한 인간과 여생을 어떻게 살아야 할까. 이제는 고집불통 영감과 그만 싸우고 싶다. 무엇 때문에 신념과 투지에 넘치는 용사처럼 살게 된 것인가. 남편과 안 싸우면 내가 죽으니까 싸웠을까. 싸우다 보니 습관이 된 것일까. 글쎄, 어느 쪽일까. 돌이켜보면 아무튼 싸우고 얻어낸 게 없는 것만은 확실했다. 사는 게 재미있지 않았다. 아침이 되면 제일 먼저 떠오르는 생각도 '사는 게 왜 이렇게 재미없을까? 이상하게 재미가 없다. 아아, 재미없다'가 고작이다. 사람들이 무슨 재미로 사냐고 물으면 오기로 산다고밖에 대답할 말이 없었다.

왜 그런가 하고 곰곰이 생각하니 타자 지향의 관계에 지친 것 같았다. 나이가 들면 한 번씩 온다는 자기 귀환의 시간이 도래한 것이다. 이제 혼자만의 능력을 키워야 할 시간이다. 이것은 흔히 말하는 고독과 다르다. 나를 고립시키는 게 아니라 혼자의 시간을 누리는 것이다. 마음의 근심을 내려놓고 책을 읽거나, 아예 무념무상의 세계로 들어가는 것이다. 그러다 보니 고요가 천천히 내 안으로 들어섰다.

단 일 회의 편도 여행이 인생이라면 나는 지도 한 장 없이 출발한 셈이다. 길을 잘못 들었고, 이상한 나라에서 헤맸고, 엉뚱한 곳에 불시착도 했다. 구렁텅이에 빠져 몇 날 며칠 허우적대다가 간신히 빠져나오기도 했다. 그러다가 우연히 고단해 보이는 어떤 남자와 마주쳤다. 그 사람도 나와 비슷하게 신발을 질질 끌며 길을 헤매는 중이었다. 결국 나는 그 사람과 어깨동무하고 이인삼각으로 여기까지 왔다. 그러나 이제 둘은 서로를 옭아맸던 끈을 끊어내기로 한다.

우리는 서로를 해방하고 진정한 자유인이 되었다.

벌써 27년

우리 집은 주말에 맥주 한 잔을 마시며 가족과 담소를 즐기는 시간이 암묵적으로 금지되어 있다. 남편이 누구보다 그 시간을 좋아할 걸 알지만 그를 제외한 두 사람이 싫어한다. 그런 시간이 올 것 같은 분위기가 느껴지면 슬금슬금 자리를 피한다. 술에 취한 남편의 모습은 나는 물론 딸에게도 트라우마로 남은 것 같다.

남편은 술을 즐거움이 아니라 괴로움을 위해서 마시는 것처럼 보인다. 주말 오후가 되면 슬슬 시동이 걸리는 그를 말려야 하는 내 마음은 괴롭고, 맥주 1,000cc로 흐트러진 사람이 되는 그의 주량이 안쓰럽다. 자신의 주량을 알면서 늘 주량보다 더 마시려는 술 욕심도 이해하기 힘들다. 그가 술을 너무도 원하는 날엔 나는 독을 사는 심정으로 카트에 맥주를 담는다. 그런 날엔 끝까지 모질지 못한 나를 탓하면서 생각한다. 비싼 술도 아니고, 그런 술을 파는 여자가 있는 곳에 가려는 것도 아닌데, 이까짓 맥주가 뭐라고.

○

몇 줄의 글을 쓰기 위해, 몇 장의 책을 더 읽기 위해 나와 시간을 갖고 싶어 하는 그를 냉담하게 밀어냈다. 미안한 마음이 들어 남편이 잠들어 있는 방으로 들어가 본다. 기름기가 하나도 없는 얼굴과 몸은 빈껍데기만 남은 것같이 메말랐다. 커트 후 2주만 지나도 길어지고 숱이 많던 머리카락도 듬성듬성 빠진 것 같고, 유난히 길고 희던 손도 세월을 이기지 못하고 마디가 굵고 거칠어졌다. 마스크 팩을 미지근하게 데워서 그의 얼굴 위에 조심스럽게 올렸다. 남편은 아마자는 척하는 중이었을 것이다.

"나랑 사느라 고생했다, 당신."

나도 모르게 육성으로 튀어나온 말이다. 내가 한 말에 나
조차 놀라 재빨리 방에서 빠져나왔다.

○

　　자기를 필요로 하는 사람이 한 사람만 있어도 이 세상은 살
만하다는 말을 들은 적이 있다. 남편은 재결합하고 사는 동
안 자신의 존재 가치를 줄곧 고민했던 것 같다. 어떤 일이
자기가 아니면 안 되는 일이 아니라 필요에 따라 얼마든지
다른 사람으로 바꿔치기당할 수 있는 일이라는 데서 오는
소외감을 느끼는 것 같았다. 다른 사람에게는 몰라도 아내
에게만큼은 유일한 존재였으면 하는 마음으로 한때의 어리
석음과 자기 능력의 한계를 확인하면서 불확실한 미래에 불
안감을 느꼈을 것이다. 어쩌면 그런 불안감은 가장으로서도
남자로서도 여자보다 더했으면 더했지 덜하지 않을 것이다.
남편은 그런 시름을 잊고자 술을 마셨다. 유흥가로 갈 형편
은 아니니까 고작 막걸리 한 병을 사서 집으로 터덜터덜 들
어왔다. 고생했다는 따뜻한 말 한마디 들을 수 없는 집으로.
자신을 바라보지 않고 손에 들린 막걸리만 뚫어지게 노려보

는 나를 남편은 얼마나 원망했을까.

어쩌다 우리가 이렇게 됐을까. 삭막한 세상을 살면서 서로를 보듬으며 살 수도 있었을 텐데. 아내는 남편이, 남편은 아내가 필요하다는 걸 서로 자주 상기시키면서, "당신 때문에 내 인생이 망했어"라고 말할 게 아니라 "당신이 있어서 살아낼 수 있었어"라고 말해야 했는데. 그랬다면 쉽게 술에 의지하지 않았을지 모른다. 살아보니 부부는 서로 사랑하는 것과 동시에 미워하는 것이 당연했다. 이런 마음을 두려워하지 말았어야 했다. 올바르게 미워하는 일이 매섭게 대립하는 것보다 나았다. 혼자인 것보다 함께하는 게 더 괴롭고, 상대방이 병에 걸리거나 다쳐도 자신에게 피해만 오지 않길 바란다면, 남편을 기본적으로 미워하는 것이다. 미운 순간이 많아도 그 정도까지는 가지 않고, 때때로 남편이 기뻐할 생각에 즐거워진다면 바람직한 애정 관계라고 생각한다. 사실 이것이 우리 부부의 민낯이다.

○

예전에는 리마인드 웨딩을 한다고 나서는 사람들을 보면 세상엔 별사람이 다 있구나 하고 생각했다. 웨딩드레스가 나이 든 여자에게 어울리지 않는다고 단정 지을 수 없지만, 솔직히 웨딩드레스를 입은 노년의 여자를 아름답다고 느낀 적도 없다. 차라리 고운 한복이었으면 어땠을까 하는 생각을 지울 수가 없었다. 그러나 이제는 생각이 조금 달라졌다. 당사자가 좋으면 그만이지 남의 시선이나 의견 따위가 뭐 그리 중요한가 싶다.

살다 보면 어떤 이벤트가 필요한 순간이 있다. 그래서 은혼식이나 리마인드 웨딩을 하는 것이다. 애씀에 대한 보상을 받는 자리. 그건 당사자들만 아는 고생이어서 자식들은 그저 짐작만 할 뿐이다. 그런 이유로 두 사람은 그날 누구보다 빛나야 한다. 그런 날 주인공은 좀 화려한 옷을 걸쳐도 된다. 그럴 자격이 충분하다.

결혼 25주년이 지난 줄도 모르고 지내다가 올해가 27년이 되는 해라는 걸 이 글을 쓰면서 알았다. 27년이지만 떨어져 산 세월이 20년이니 정확하게는 7년이다. 돌이켜보면 남편과 나는 지나치게 특별한 사랑을 원했던 것 같다. 상대의 연약함은 인정하지 않았고 자신의 자존심을 지키려고 온갖

다행한 불행

방법을 동원하는 이기적인 사랑이었다. 27년이든 7년이든 함께 지지고 볶은 세월이 알려준 것이 많다. 남들처럼 은혼식을 할 기회는 없어졌고 함께 산 10년을 기념해서 여행이라도 떠나볼까 싶다. 그날은 남편이 그토록 마시고 싶어 하는 술 대작도 제대로 해줄 생각이다.

살짝 찾아오는 행복

세상과 본인의 삶이 엇박자가 난 걸 한참이나 얘기하느라 밤 깊은 줄 모르다가 남편이 먼저 잠이 들었다. 나는 남편이 코 고는 소리를 들으며 그의 인생을 되짚어봤다. 가난한 소작농의 아들로 태어났고, 형제 중 가장 공부를 잘해서 부모님의 기대를 한 몸에 받았던 사람. 자신이 원하는 대학교에 진학했고, 젊은 나이에 사업에 뛰어들어 성실하게 일했고, 돈도 꽤 벌었던 사람. 그렇게 버는 돈으로는 가난에 대한 원한이 풀리지 않았던지 도박에 손을 댔다. 돌이킬 수 없는 그 실수 때문에 고생도 많이 했다.

다행한 불행

잠든 남편의 얼굴에는 지난 세월과 그간의 고생이 고스란히 드러나 있다. 그는 연약하고 선량한 인간이었다. 한때는 그 연약함과 선량함이 나를 미치게 했지만, 지금은 더 망가지지 않고 버텨준 남편에게 고마움을 느낀다. 한때는 남편을 천하의 몹쓸 사람으로, 이상하기까지 한 사람으로 생각했다. 살다 보니 어느덧 누가 더 이상한지에 따라 이상한 사람이 정해진다는 걸 아는 나이까지 왔다. 누군가를 이상하다고 생각하는 사람이 진짜 이상한 사람이 되는 것이다. 그렇게 생각하면 내가 남편보다 훨씬 이상한 사람이었다.

○

생각해보면 언제나 나를 괴롭히는 것은 어떤 외부의 힘이 아니라 그 일에 대해 내가 가지고 있는 표상과 관념이었다. 결혼 생활 자체를 힘들어한 게 아니라 결혼이라는, 부부라는 단어가 가지고 있는 공포의 양이 지나치게 컸던 것 같다. 싸우면 안 된다는 생각에 사로잡힐 때면 싸울까 봐 신경이 곤두섰고, 잘 살고 싶다고 다짐할 때면 못 살고 있어서 슬펐다. 재결합하고 나서는 내가 무슨 부귀영화를 누리겠다고 다시 합치자고 했을까 하는 후회로 밤을 지새운 날도 많았다. 그땐 왜 그렇게 서로 맞지 않는다고만 생각했을까. 따지고 보면 찰떡궁합이 더 부자연스러운 것이다. 물론 두 사람이 하나의 몸처럼 잘 맞는다는 부부도 있지만 그들도 처음부터 딱딱 맞지는 않았을 것이다. 나름대로 합을 맞추는 과정이 있었을 것이다.

남편을 겪은 세월이 좀 되니까 전에는 없던 생각을 하게 된다. 최근에는 남편이 나의 흠을 말없이 보듬어준 적도 많았다는 걸 깨달았다. 나는 주로 알차게 생색을 내는 편이었고, 남편이라면 당연히 이래야지, 라는 생각만 했다. 백 번이면 백 번 다 내가 양보했다고 생각했기 때문에 억울한 마음을 풀 방법이 없어 남몰래 펄쩍펄쩍 뛴 적도 많았다.

남편은 내가 자기보다 잘하는 일이 있으면 순수하게 기뻐한다. 그래서 가끔 속없어 보이기까지 한다. 또 내가 자기보다 조금 모자라면 알려줄 게 생겨서 신이 나는 것 같다. 내가 주차를 조금 헤매면 "우리 마누라는 나하고 달라서 이과적인 머리가 없고 공간 감각이 둔해" 하고 말하면서 은근히 자기를 과시하는데, 그 모습이 나름 귀엽다. 얼마 전 휴대

전화를 버스에 놓고 내렸을 때는 혼자 가겠다고 해도 굳이 버스 종점까지 데려다주면서 이렇게 말했다.

"이거야 원, 내가 따라다니지 않으면 아무것도 안 된다니까. 불안해서 어디 내보낼 수가 있나."

내가 할 말을 자기가 하는 게 웃겨서 나는 아무 말 없이 웃었다. 남편 대접을 제대로 받지 못했다며 서운함을 표현할 수도 있을 텐데, 성질 고약한 아내와 결혼해서 힘들어 못 살겠다고 말할 수도 있을 텐데, 고맙게도 그런 말은 절대 안 한다. 이 나이에 작가 마누라가 생겼다고, 사는 건 참 신기하다며 히죽거린다. 나도 그런 남편을 보며 속없는 여자처럼 웃는다.

○

살다 보면 또다시 이해할 수 없는 일들이 찾아올 것이다. 그러나 예전처럼 기를 쓰고 이해하려 들지 않을 것이다. 그저 이해가 안 되는 것들을 곱씹으면서 하루하루를 살 것이다. 나는 이제 인생을 찬란하게 만들려는 짓은 하지 않을 만큼 나이가 들었다. 지금은 그게 무엇보다 다행스럽다.

남편과 내가 팔십까지 살 수 있을까? 우리는 천천히 걸어서 함께 장을 보고 쌀을 씻고 밥을 먹고 TV를 보다가 아무 말 없이 각자의 방으로 들어가 잠을 청할 것이다. 혼자 놔두면 안 될 것 같아서 함께 사는 부부처럼, 아침이면 눈곱 낀 얼굴로 마르고 거칠어진 등을 긁어주고 관절에 좋다는 음식과 혈압약을 챙겨주고 엉성한 옷차림새를 다듬어줘야 할지도 모른다. 나이가 들면 어쩔 수 없이 다른 사람의 손을 빌려야 하는 일들을 서로에게 의지하면서 남은 인생을 무덤덤하게 살아갈 것이다.

우리는 서로에게 가장 좋은 사람은 아니었다. 그는 나에게 그냥 그 사람이고 나 또한 그에게 그 사람일 뿐이다. 나는 까칠했지만 무던함으로, 남편은 무던했지만 무심함으로 변해가면서 그렇게 나이를 먹고 있다. 살아보니 행복은 노력해서 얻는 게 아니었다. 철저히 계획해서 행복을 얻었다는 말은 들어보지 못했다. 행복은 그저 어떤 행동이나 사건의 부속품 같은 거였다. 아무리 잡으려 해도 잡히지 않던 행복이라는 그것이 반쯤 감긴 내 눈에 슬쩍 내려앉고 있다.

다행한 불행

거리를 둔다

남편은 나를 만나기 전까지 파스타를 먹어본 적 없는 시골 출신 남자였다. 반대로 나는 친가도 외가도 부산. 어린 시절 방학이 되면 가볼 수 있던 시골(?)이라야 고작 부산이었다. 어린 송아지가 부뚜막에 앉아 울고 있어요, 라는 노래 가사가 적혀 있던 음악책에서 봤을 뿐, 실제로는 한 번도 소를 본 적이 없었다. 벼도 부산으로 가는 기차 안에서 봤다. 서울에 지하철이 개통됐을 때 신설동역과 성수역 사이를 오가며 놀던 도시 아이였다.

시부모에게 인사를 드리려고 남편의 본가에 갔던 날을

잊을 수 없다. 그날 나는 소를 보고 깜짝 놀랐다. 상상했던 것보다 큰 덩치에 놀랐고, 소가 마당에 있다는 사실에 더욱 놀랐다. 나무로 얼기설기 만들어진 화장실도 처음 봤다. 서울로 갈 때까지 화장실에 가지 못할 걸 염려하며 '나는 이제 죽었구나' 생각했다.

남편과 나는 나고 자란 환경이 다르다 보니 생활에서도 비슷한 점을 찾는 건 불가능했다. 식성은 말할 것도 없고 원하는 여행지나 관심이 가는 취미, 소유하고 싶은 물건의 종류도 달랐다. 가구나 물건을 살 때면 예쁨에 집착하는 나, 오로지 기능만 생각하는 남편. 우리 둘은 상대가 이상했다. 서로가 고른 물건에 질색하면서 쇼핑을 망친 적도 많았다. 우리는 취향과 식성과 생활이 자기 편한 대로 굳어버린 사람들이었다. 신혼 때 끝났을 조율이지만 우리 부부는 재결합 후에 맞춰야 해서 조금 더 어려웠다.

○

젊을 때는 얼굴도 모르는 사람과 결혼한 옛사람들이 참 겁도 없다고 생각했다. 여자의 불행은 모두 그런 무모한 결혼

탓이라고 생각했다. 그러나 지금 생각해보면, 결혼이라는 것이 결국 복불복 게임이라는 걸 알고 있었던 건 아닐까 싶다. 21세기에 결혼했는데도 내 옆에 잘 모르는 남자가 있었다. 그 사람 역시 나를 이해하지도 공감하지도 못하는 존재였다. 나는 부부의 생각과 취미가 같지 않으면 살아가기 어렵다고 생각하는 사람이었다. 오히려 비슷한 사람끼리 사는 게 어렵다고 주장하는 사람도 꽤 많았지만, 그런 사람과 살아보지 않았기에 그렇게 말할 수 있는 거라고 생각했다.

7년은 무엇도 만들어낼 수 있는 시간이었던 건지, 영원히 평행선을 달릴 줄만 알았던 우리에게도 평화로운 날이 찾아왔다. 남편과 나는 여러 면에서 다른 사람이지만, 같은 공간에서 먹고 자고 생활하다 보니 신기하게도 닮아가는 면이 생긴 것이다. 어느 날부터인가는 남편이 당황스러운 일을 저질러도 이럴 줄 알았다고 여유를 부리게 됐다. 최근에 남편과 함께 외출하면 듣게 되는 말이 있다.

"부부라서 그런가? 두 분 분위기가 비슷해요."

그 말을 듣는 순간 우린 약속이나 한 듯 고개부터 저었다. 남편은 '까탈스러운 마누라와 닮다니 큰일이구면' 하는 얼굴이고, 나 또한 '저 늙수그레한 남자와 분위기가 닮았다니 당장 병원에 가야겠어' 하고 생각한다. 그러면서도 매일 마주 보니 어쩔 수 없다고 웃어넘긴다. 7년밖에 안 살았으면서 오래 살고 볼 일이라며 서로의 변화에 신기해한다.

나는 가끔 내가 무슨 짓을 하는지, 무슨 생각을 하는지 아리송할 때가 있다. 나도 나를 모르겠다고 느낄 때가 있다는 얘기다. 사는 동안 남편에게 나는 당신이 무슨 생각을 하는지 모르겠다고, 당신의 생각을 말해달라고 요구했지만, 한 번도 속 시원한 답을 들은 적이 없다. 대답해줄 수 없었던 이유가 자기 자신도 무슨 생각을 하는지 몰라서였을 거라는 걸 많은 시간이 흐른 뒤에 알았다. 사실 서로를 알 수 없는 것이 당연하다. 그런 상태로 시작하는 것이 결혼이었다. 알 수 없는 사람과 한집에서 자고 함께 밥을 먹고 이상한 이야기를 하고 같이 논다고 생각하면 좀 오싹한 기분이 들기도 한다. 그런데 재밌는 사실은 잘 알지도 못하는 사람들끼리 서로에게 어떤 의미가 되려고 끊임없이 노력한다는 것이다. 그렇게 생각하면 결혼은 꽤 감동적인 것이다.

다행한 불행

◯

우리의 관계가 여기까지 왔다고 드디어 일심동체가 되었다며 기뻐하지는 않는다. 각자 생긴 대로 사는 게 제일 좋다고 생각한다. 모르는 것이 여전히 더 많고, 모른다는 걸 전제로 적당한 거리를 유지하며 이대로 지내기를 바라기 때문이다. 거리를 줄이겠다는 목표 자체를 세우지 않는다. 남편은 그 정도의 거리에 있는 존재. 그게 가장 좋다. 부부지간에도 명확한 선이 필요하고 각자의 내적 공간을 허용해주는 태도가 중요하다. 부부라고 해서 꼭 삶 전체를 겹칠 필요는 없다는 게 내 생각이다. 서로 모든 걸 공유하고 빠짐없이 나눠야만 건강한 관계인 것은 아니다.

다행히도 남편이 그 부분을 인정해주고 굳이 그 시간에 무엇을 하는지 묻지 않는다. 그저, 마누라가 자기 하고 싶은 것 하면서 잘 놀고 있겠지, 하고 생각하는 것 같다. 나는 나만의 즐거움이 있어야 좋은 관계가 유지되는 편이다. 그것이 지극히 사소하고 하찮은 것이라도 나는 그런 것이 필요한 여자다.

돈은 없어도 유쾌하게 산다

나이를 먹으니 서럽다. 어느새 늘어난 흰머리를 한 달에 한 번씩 염색할 때 서럽고, 굵은 주름이 잡히기 시작한 손마디를 보니 서럽다. 매일 아침 한 방울의 피를 뽑아 혈당 수치를 확인하면서 쏘아버린 화살같이 흐른 세월을 느끼며 또 서러워진다.

수시로 삶의 열기를 뿜어대던 40대는 누가 훔쳐 달아난 것처럼 빠르게 사라졌다. 어느새 오십의 중반에 접어드니 내 인생의 화두 같았던 '결혼이라는 게 도대체 무엇인가. 무엇이기에 기를 쓰고 짝을 찾고 인생을 스스로 담보 잡았나?'

하는 생각이 다 부질없어지면서 여기까지 온 내가 그저 대
견하다.

　내가 부지런히 책을 읽었던 것은 사실 직접 겪지 않고도
알고 싶어서였다. 인생을 살아보지도 않고 어떤 것인지 이
해할 수 있기를 바랐다. 하지만 나처럼 변변치 못한 사람들
은 겪지 않고서는 이해하지 못하는 일이 태반이다. 고생을
사서 한다는 것이 요즘 같은 세상에서 어리석은 일인지 모
르지만 돌이켜보면 나는 그런 어리석음의 선두에 있지 않았
나 싶다. 인생에 심각한 일이 생겼고, 이혼했고, 아이를 홀로
키웠고, 병들어 누워도 봤고, 재결합도 했고, 미워하고, 원망
하고, 실망하고, 별의별 일을 다 겪으며 살았다. 웃는 날보다
우는 날이 더 많았다. 그런 날이면 어김없이 자기 최면을 걸
었다.

　'그래, 나는 여기 살러 온 게 아니라 관광하러 온 거야.'

　돈이 없을 때는 관광하다 소매치기를 당한 거라고 생각
했다. 회사를 그만두고 싶을 때는 직업 체험을 하러 온 거라
고, 며칠만 참으면 더 좋은 곳으로 갈 거라고 생각했다. 그랬
더니 신기하게 웬만한 고통은 참아낼 수 있었다. 관광이니

까, 일시적인 거니까, 곧 끝낼 수 있으니까.

그러나 내가 하는 관광은 지나치게 기간이 길었다. 관광이라고 다리가 아프지 않을까. 마냥 재밌기만 할까. 고생하는 시간이 길어지니까 짜증이 스멀스멀 올라왔다. 밥상을 펴지 않고 밥과 반찬을 한 그릇에 아무렇게나 담아서 먹는 일상이 반복됐다. 육체와 영혼이 망가진 채 한 덩어리가 되어 굴러다니고 있었다.

따뜻한 말 한마디와 다정한 눈빛, 혹은 아름다운 풍경 같은 것이 필요하다 느꼈지만, 아무도 내게 그런 걸 주지 않았다. 그렇다면 나라도 나에게 주면 되지 싶었다. 하루하루를 버틸 수 있는 작은 무언가를 원했지만 그게 무엇인지도 모르는 상태로 시간을 보내던 어느 토요일 저녁, 우연히 채널을 돌리던 중 코미디언 박명수가 쏟아지는 비를 뚫고 논두렁을 달리는 장면에 시선이 고정됐다. 그날 나는 그의 몸 개그를 보면서 미친 사람처럼 웃었다. 그렇게 온몸으로 웃은 건 20대 이후 처음이었다.

믿을 수 없을지 모르지만, 인생의 전환은 그렇게 짧은 순간 어이없이 찾아온다. 그것이 나에게는 〈무한도전〉이라는 프로그램이었다. 당시에 내 주위엔 나를 포함해 온통 불행 전도사들뿐이었다. 세상에 행복한 사람이 어딨니? 다 그런 거야. 말도 말아. 내 불행에 대면 네 불행은 불행도 아니야. 지겨워, 이놈의 세상.

그러나 나는 〈무한도전〉을 볼 때만큼은 불행을 잊었다. 토요일 저녁이면 그렇게 살다간 사람이 망가진다며 일부러 약속을 만들어 밖으로 끌어내는 친구들을 밀어내고 아무도 없는 방 안에 혼자 앉아서 맥주 한 캔, 새우깡 한 봉지를 뜯었다.

유쾌함의 맛을 한 번 보고 나니 좀처럼 잊을 수가 없었다. 처음에는 〈무한도전〉을 볼 때만 유쾌했다. 프로그램이 끝나면 현실과의 괴리감이 커서 금방 허무해졌다. 하는 수 없이 열심히 재방송을 찾아봤다. 나는 유쾌함을 빨아들이는 커다란 스펀지였다. 방전됐던 유쾌함이 어느 정도 채워지니 태도부터 달라졌다. 힘들고 어려운 현실에 처해 있어도 유쾌하게 해석하는 긍정적인 태도가 생겼다. 무엇보다 좋은 점은 남편에게 전염된다는 점이다.

"무슨 좋은 일 있어? 헤어졌던 첫사랑이라도 만나고 온 얼굴이네."

내 변화를 가장 먼저 느낀 건 남편이었다. 말은 그렇게 했지만, 남편도 기분이 좋아 보였다. 살림살이가 갑자기 편 것도 아니고, 복권에 당첨되어 주머니 사정이 달라진 것도 아닌데, 소고기 한 근을 살 때면 여전히 여러 번 들었다 놨다 하면서도 일단 이런 말을 했다.

"에라, 모르겠다. 몰라, 몰라, 몰라. 어떻게든 되겠지."

일부러 좀 촐싹대면서 말했다. 세상 고민을 다 짊어진 것 같던 얼굴도 변했는지 친구들도 한마디씩 하기 시작했다.

"이제 아무 생각 없이 살기로 한 거야?"

그렇게 〈무한도전〉 시청과 관광을 반복하다 보니 딱 그 시간만큼 어른이 되었다. 경험이라는 이름으로 내 안에 남는 것은 결국 그렇게 소소한 일들이었다. 내 인생을 옆에서 지켜본 사람들이 가끔 묻는다. 어떻게 그 힘든 세월을 살았는지, 그 힘은 무엇이었는지. 나는 망설임 없이 유머라고 대답한다.

다행한 불행

이혼해도 괜찮다

나는 이혼에 대해 할 이야기가 많은 사람이다. 자질구레한 절차를 무시하면서 이상하리만치 조급하게 결혼했고 번갯불에 콩 볶듯 급하게 이혼도 했다. 그 결과 지난 20년, 가난에 시달렸고 인생이 반쯤은 무너졌다는 걸 인정해야 했다. 겨우 숨만 쉬며 살았던 그때의 기억은 세월이 흘러도 쉽게 잊히지 않는다.

어느 날 책에서 최대한 빨리 이혼해야 하는 남자의 유형에 대해 읽었다. 바람둥이와 도박을 좋아하는 사람, 마지막으로 자신의 책임을 이행하지 않는 사람이었다. 듣자마자 정말 맞는 말이라고 무릎을 쳤지만, 주정뱅이가 없는 게 좀 의외였다.

○

부부라는 이름으로 묶인 사람들은 상대의 꼬리를 입에 물고 쉽게 놓을 수 없는 것 같다. 내 발등을 내가 찍었지. 저 인간만 아니면 내가 이 모양 이 꼴로 살지 않을 텐데. 내가 언젠가 저 인간 얼굴에 이혼 서류를 던질 거야. 입버릇처럼 말하지만, 늘 생각뿐이다. 관계가 끝난 걸 알지만, 다음 날이면 아무 일 없던 것처럼 이부자리를 개고 아침 식사를 준비한다. 그렇게 여러 번의 위기를 넘기지만 상황이 반전되기는 힘들다. 완전히 어긋날 때까지 사는 동안 마음에 쌓인 억울함과 분노가 통증으로 변하는 것을 느끼다가 결국 무너지는 자기 몸을 지켜보면서 이혼 결심이 너무 늦었다는 걸 깨닫게 될 뿐이다.

　상황이 암담한데 의외로 이혼을 말리는 사람들이 많았다. 시절이 그랬다. 아이도 있는데 웬만하면 참고 살라고, 한 번 더 생각하라고. 나는 웬만하지 않은데, 사람들은 당사자가

　　　　　　　　　　　　　다행한 불행

아니라서 할 수 있는 공허한 조언을 했다. 이대로 결혼 생활을 유지한다면 분명히 미혼인 친구들보다 더 불행하고 건강도 나빠질 거라는 상상이 머릿속에 꽉 차 있는데, 그런 조언이 들릴 리가 없었다. 며칠 후면 집도 절도 없이 길바닥을 떠돌 상황이었지만 뒷일 같은 건 생각하지 않았다. 이혼하더라도 조금만 노력하면 결혼 전의 상황으로 돌아갈 거라는 환상이 있었다.

그러나 막상 이혼하니 결혼 전의 삶은 사라진 지 오래고 이혼 후의 삶이 눈앞에 펼쳐졌다. 이혼하길 잘했다는 안도감이 들 줄 알았는데 아니었다. 꼬박꼬박 내야 하는 공과금과 하루치의 생활비를 걱정하는 삶. 그것만으로도 버거운데 등에는 아이가 매달려 있었다. 돈을 벌어야만 실패한 결혼에서 벗어날 수 있다고 생각했고 닥치는 대로 일에 매달렸다. 그런 안간힘이 때때로 헛수고 같았고, 또 다른 불운이 기다리고 있는지 몰라서 불안에 떨었다.

무엇보다 미래를 믿을 수가 없었다. 형편이 빨리 좋아질 거라는 기대감 같은 건 처음부터 없었지만, 끼니를 걱정해야 할 정도가 되리라고는 생각하지 못했다. 이혼하나 그냥 사나 고생하는 건 마찬가지구나, 하는 생각에 자괴감에 빠졌다. 이혼은 홧김에, 궁지에 몰린 상황 때문에 급하게 할 게 아니구나. 더 나은 삶을 위해 내리는 신중한 결정이어야 하는구나. 그런 생각을 한 날은 주로 혹사한 몸에 탈이 난 날이었다. 그러나 나는 한 번도 이혼한 걸 후회한 적이 없다. 고생 많은 삶이었지만 혼자 살아낸 20년이라는 세월의 가치가 크다는 걸 체험했기 때문이다.

○

나는 좋은 이혼이라는 게 있다고 믿는다. 이혼은 권장할 일도 아니지만 금기 사항도 아니다. 요즘은 이혼을 인생의 성패로 연결 짓지 않아서 좋다. 결혼 생활에 불행이 밀려왔을 때 참는 사람보다 문제를 해결하기 위해 적극적으로 나서는 사람이 많아진 점도 좋고, 다른 사람들의 시선 때문에 자기 행복을 포기할 필요가 없어졌다는 것도 다행스러운 일이다.

나는 요즘 부부들의 쿨한 이혼을 보며 안도한다. 증오심으로 가득 차 있거나 너 죽고 나 죽자는 식의 피 터지는 싸움도 별로 없고, 결혼할 때 이미 이혼할 날짜를 미리 받아놓은 것처럼 평화롭기까지 해서 신기할 때도 있다. 오랜 고민 끝에 불행한 삶을 끝내는 가장 좋은 방법이 헤어짐이라고 결론 내린 사람들, 식어버린 애정에 대한 분노 대신 신중하게 판단하고 결정한 합리적 이별의 모습은 보기에 나쁘지 않다. 시대는 변했고 영속성이 주는 가치는 점점 사라지고 있다. 미래에는 은혼식 같은 건 아예 사라질지도 모른다.

텐션이 낮은 저녁 시간

언젠가 남편과 함께 지하철 1호선을 타고 종로에 간 적이
있다. 우리는 출발하면서부터 말이 없었다. 남들 눈에는 모
르는 사이는 아닌 정도, 목적지가 같아서 같이 움직이는 사
람들로 보였을 것이다. 다만 서로에게 하고 싶은 말이 없는
상태. 그런 이유로 또한 우리는 누가 봐도 명백히 부부로 보
였을 것이다. 우리는 침묵 속의 외출이 자연스러운 사람들
이다. 남편은 어떨지 몰라도 나는 사람이 많은 공공장소에
서 사적인 이야기를 하는 게 불편하다.

그날 우리가 있던 칸은 유난히 조용했고, 한 번쯤은 울릴

법한 휴대전화마저 얌전했다. 오직 우리 부부와 나이가 비슷해 보이는 어떤 부부만 빼고. 같은 칸에 있던 사람들이 모두 고양이라도 된 것처럼 귀를 쫑긋거렸다. 일제히 그들 부부의 대화를 듣는 중이었다.

부부가 인상적으로 느껴졌던 건 남자의 표정 때문이었다. 남자는 중년 남자 특유의 무뚝뚝한 얼굴이 아니었다. 태어나서 한 번도 무표정한 얼굴을 한 적이 없는 사람처럼 줄곧 생글거렸다. 웃는 상의 그 남자도 같은 칸에 탄 사람들이 자기 아내가 하는 말을 듣고 있다는 걸 아는 듯했다. 사람들을 의식하지 못하는 건 남편의 귀에 대고 코털에 관한 이야기를 30분째 떠드는 그 여자 한 사람뿐이었다.

여자는 계속해서 코털이 존재하는 이유와 코털의 다양한 기능을 설명하고 있었다. 자세히 들어보니 코털을 깎으라고 설득하는 중이었다. 당장 코털을 깎는다는 약속을 받아낼 작정인 것 같았다. 여자는 이 칸에 있는 사람들이 증인이 되어주길 바라는 듯 보였다. 코털을 어떻게 관리해야 하는지, 제때 관리하지 않으면 무슨 일이 벌어지는지에 관한 설명이 나올 때만 해도 이야기는 흥미로웠다. 여자의 코털에 대한 사유는 재미있었고 자못 놀라웠다. 그러나 어느덧 이야기를 시작한 지 40분이 넘어가고 있었다. 거기 있던 사람들도 나처럼 남자가 당장 코털을 깎겠다고 약속하기를 간절히 바라는 눈치였다. 기다리다 지친 사람들은 내릴 역의 출입문이 열리면 기다렸다는 듯 후다닥 코털로부터 도망쳤다. 내 옆자리에 앉아 있던 남편이 더는 못 참겠다는 듯 한숨을 쉬고 몸을 뒤틀었다. 나는 남편이 그 여자에게 한마디라도 할까봐 눈으로 레이저를 쏘며 복화술을 했다. 제발 가만히 있어. 우리 두 정거장만 가면 내려!

나는 인간 삶의 다양성에 놀라면서 다시 천천히 그 부부를 바라봤다. 생글거리며 아내의 이야기를 듣고 있는 남자와 약속을 받아내려는 여자는 무척이나 행복해 보였다.

○

나는 부부 사이가 좋아지려면 대화가 많아야 한다고 떠드는 아침 방송이 불편하다. 대화가 소원한 부부 사이를 찰떡궁합으로 만드는 유일한 해법인 것처럼 말하기 때문이다. 대화가 없는 부부는 겉으로만 부부고 속으로는 독신이나 다름

없다고, 그렇게 살다가는 이혼할 수 있다는 협박도 심심찮
게 한다.

하지만 옆에 있어도 말을 많이 안 하는 우리 같은 부부도
있다. 필요한 말은 하지만 둘 다 수다스럽게 떠드는 걸 좋
아하는 편은 아니다. 오히려 말이 많은 건 남편 쪽이다. 내
가 좀 들어주는 기색이 느껴지면 가끔 수다스러워지기도 한
다. 그럴 때면 저 사람이 그동안 말이 고팠구나 싶어, 유치
원에서 돌아온 아들의 이야기를 들어주는 엄마처럼 들어준
다. 호응을 잘 해주면 손짓 발짓 섞어가며 함께 일하는 사람
의 험담도 하고 억울했던 일을 고자질한다. 그렇게 15분쯤
떠들고 나면 후련해진 얼굴로 냉수 한 컵을 마시고 자기 방
으로 들어간다. 다시 2분쯤 지나면 우렁차게 코 코는 소리가
들려온다.

○

우리 집은 시종일관 웃음이 넘치는 집은 아니다. 저녁이면
한 공간에서 조용히 각자가 좋아하는 일을 한다. 나는 책을
뒤적이거나 영화를 보거나 가계부를 쓴다. 독립한 딸의 근

황을 얘기하면서, 우리가 다른 건 몰라도 자식 하나는 잘 키
웠다고 마주 보고 웃는다. 남편은 입이 심심하다며 조용히
일어나 냉장고를 뒤져 먹을 걸 가져오고 영화를 고른다며
왓챠를 뒤적이다가 영화가 채 시작되기도 전에 잠이 든다.
나는 남편에게 오늘 하루 무슨 일이 있었는지, 무슨 생각을
하며 하루를 보냈는지 묻지 않는다. 마음속의 것들을 남편
에게 모조리 털어내 보이는 게 좋은 일인지 나는 여전히 잘
모르겠다.

　나는 내가 생각하는 모든 걸 입 밖으로 꺼내는 일이 어렵
다. 왁자지껄 웃고 떠들고 맥주잔이 오가며 열띤 토론을 하
며 저녁 시간을 보내는 부부도 있겠지만 그건 그들에게 맞
는 삶이다. 우리는 서로에게 방해되지 않는 뭔가를 하면서
평범하고 조용하고 심심하게 산다. 텐션이 낮은 저녁 시간
을 보내는 우리도 나름 단란하다.

　　　　　　　　　　　　　　　다행한 불행

괴로움과 권태는
반복된다

남편이 미칠 듯이 사랑스러운 적이 있었나?

　그런 생각을 하는 순간, 질문을 떠올린 나를 쥐어박는다. 곰곰이 생각해보니 가끔은 귀엽다고 느낀 적이 있었던 것 같다. 그러나 그건 가물에 콩 나듯 어쩌다 한 번이고, 대부분은 꼴 보기 싫다. 남편이 손만 대면 내가 아끼는 물건이 고장 난다. 청소를 도와준다고 나서면 마술을 부린 것처럼 청소 거리가 늘어난다. 돈을 줄 테니 제발 미용실에서 염색하라고 해도 삼만 오천 원이 아깝다면서 스스로 염색하고, 목욕탕 줄눈에 기어이 검은 염색약을 묻혀놓는다. 어떤 일을 하든지 뒤처리가 깔끔하지 못하다고 항상 잔소리를 들으니, 자기 딴에는 무척 신경을 쓰는 것 같은데, 명탐정 코난 같은 마누라의 눈을 피하지는 못한다. 본인은 마누라 눈에 들려고 기를 쓰는데 한 번도 눈에 찬 적이 없어서 대략 난감이고, 내 쪽에서는 이틀에 한 번꼴로 사고를 치는 저 인간 진짜 꼴도 보기 싫어서 미친다 싶다. 즉흥적인 일이 벌어지는 걸 싫어하는 나는 즉흥적으로 일을 저지르는 남편이 항상 못마땅하지만 한두 번 반복되는 일이 아니니까 참고 넘어갈 때도 많다. 참고 넘어가는 것뿐이지 화가 나지 않는 건 아니다. 그 화는 마음에 쌓이고 쌓이다가 한계에 다다르는 순간 폭발한다.

그 순간에는 모든 게 남편 탓이 되면서 정해진 레퍼토리가 시작된다. 내 팔자가 이렇게 지지리 궁상이 된 것도, 젊은 나이에 암에 걸렸던 것도, 남들보다 일찍 관절이 고장 나는 것도 남편 탓이 됐다. 내 인생의 모든 불행을 마치 남편이 미리 계획한 것처럼 말했다. 결혼 생활이 지겨운 건 모두 이 사람을 만났기 때문이고, 그게 아니면 이 지겨움을 도저히 설명할 수가 없다고 생각했다.

다행한 불행

그런 날이면 행복이란 게 도달하기 불가능한 영역으로 느껴졌다. 대단한 걸 바라는 것도 아니고 남들처럼 행복하고 싶었을 뿐인데 그것이 어려워서 애가 타고 슬펐다. 내가 원하는 무엇을 갖고 있지 않은 사람에게 그것을 달라고 요구했다. 나의 결핍을 고통스러워하면서 당장 그것을 채우려 남편이 필요했는지도 모른다. 하필 남편에게 없는 것을 원하다가 손에 넣을 수 없어지자 원망하고, 끝에 가서는 내가 지쳐버린 것이다. 자신에게만 고정된 시선을 받아내느라 남편은 점점 녹초가 됐다. 재결합이 섣부른 결정이었다는 생각에 자책에 빠졌고 삶의 의욕은 거의 사라졌다.

○

혼자서도 행복한 사람이 결혼해도 행복하다는 말이 있다. 혼자 잘 지내야 결혼해도 행복하다는 단순한 뜻은 아닐 것이다. 혼자일 때 이런저런 이유로 불만을 느꼈던 사람이라면 결혼해서 모든 문제가 해결될 거란 기대는 금물이라는 의미다. 혼자서도 불행하다고 느끼니 결혼해서도 마찬가지였다는 게 지금까지의 내 경험이다.

나는 남의 이목에 신경 쓰는 사람이라서 더 불행했던 것 같다. 결혼하면 끝날 것 같았던 문제가 오히려 복잡해지면서 끝없는 비교와 욕망에 시달렸다. 나는 휴가 한 번 가려면 통장을 몇 번이나 뒤적거리고 계산해야 하는데, 친구 부부는 보름 동안 유럽에 훌쩍 다녀왔다. 나는 화장품을 하나 사도 가장 저렴하게 살 수 있는 곳이 어딘지 여러 군데를 비교하는데, 친구는 남편에게 명품 화장품 세트를 떡하니 선물로 받았다. 그럴 때면 미래의 행복까지 정해진 것 같아서 기분이 나쁜데도 비교를 멈추지 못했다. 애초에 남편과 다시 시작할 때, 많은 부분을 내가 감당하겠다 마음먹었는데도, 내내 그렇게 속을 끓였다. 재결합하면 남편의 자세가 달라지고 환경도 좋아질 거라는 막연한 기대가 있었다는 걸 그때는 몰랐던 것 같다.

어쨌거나 내 스트레스는 고스란히 남편에게로 향했다. 남편 역시 친구 마누라는 돈도 잘 벌고 상냥한데 내 마누라는 놀부 마누라보다 더 지독하다고 한탄했을 수도 있다는 건 지금에 와서야 생각하는 것이다.

○

사람들이 나에게 이제는 괴로움에서 벗어났냐고 묻는다면
모르겠다고 대답할 수밖에 없다. 참을 수 없는 순간은 여전
히 많고 시시때때로 지겹다. 과거를 전부 뒤엎을 수만 있다
면 영혼이라도 팔고 싶다고 생각하는 순간도 있다. 잠깐이
기도 하고 며칠 동안 지속되기도 하지만, 분명한 사실은 내
기분에 따라 그렇다는 것이다. 지금의 남편이 아니라 다른
사람과 살면 내 기분이 365일 좋을까. 365일 기분이 좋으면
머리에 꽃을 꽂아야 할지도 모른다. 이 지긋지긋한 감정이
지금의 남편 때문이 아니라는 걸 증명하기 위해 다른 남편
을 만들 수는 없는 노릇이다.

　권태와 괴로움의 이유를 나의 심리적 변화에서 찾아보려
는 생각은 못 했던 것 같다. 몸과 마음이 오르락내리락했던
다른 이유가 있었을지 모른다. 남편은 운이 나쁘게 까마귀
날자마자 배 떨어지는 상황에 놓였을 뿐인데, 까마귀를 왜
날아가게 했냐며, 배는 왜 떨어뜨렸냐며 생떼를 부렸는지도
모른다. 내가 원하는 대로 움직여주지 않는다며 내가 겪는
권태와 괴로움을 정당화했을지도.

안타깝게도 이 지긋지긋한 감정을 극복할 방법이 없다. 방법이 없다는 걸 알면 오히려 마음이 가라앉는다. 별수 없지, 어쩔 수 없지, 라는 말을 반복하면서 자잘한 즐거움을 찾는다. 그러나 남편과 함께는 아니고, 혼자서 한다. 수영하고 산책하고 영화 보고 도서관에 가고 카페에 가서 라테도 마신다. 라테를 마시면서 몇 자 끄적거린다. 나를 몹시도 지겹게 한 일들을 하나하나 적는다. 그러면 작은 깨달음이 온다. 참 별것도 아닌 일로 그 난리를 친 거였군.

다행한 불행

다음 생엔 비혼

몹시 창피한 이야기지만 나는 예전에 완전히 꼴통이었다. 별것 아닌 일에도 파르르 떨거나 화가 치솟았다. 그래서는 안 된다고 생각하면서도 곧장 고함을 지르기도 했다. 알 수 없는 불안감이 커서 가만히 앉아서 뭔가를 진득하게 기다리지도 못했다. 안절부절못하고 매번 분노 조절에 실패했던 건 내가 지나치게 겁이 많은 탓일 수도 있다는 얘기를 정신의학과 선생님께 듣고서 알았다. 좋지 않은 상황 앞에 놓여 있던 회사 동료에게서 태연한 얼굴과 관망의 자세를 발견한 날, 세상에 이렇게 온화한 사람도 있구나, 하고 감탄했던 기억이 있다.

감탄은 감탄일 뿐 성격은 전혀 변하지 않았다. 사회에 나와서는 찔러도 피 한 방울 나오지 않게 생긴 외모와 불같은 성격 때문에 곤란한 일도 제법 당했다. 그런 성격에 불을 붙이는 건 언제나 옳고 그름 같은 관념이었다. 세상일과 인간관계가 그렇게 단순하게 결론이 나지 않음에도 거기에 고집스레 매달렸다.

"나는 원래가 그래. 불의를 보고 참는 건 잘못이라 배웠어. 아닌 건 아닌 거야. 한 번 아닌 건 목에 칼이 들어와도 아니지."

이랬던 성격이 조금이라도 고쳐진 것은 다 결혼 때문이다. 적당히 사는 사람이나 어딘가 엉성한 사람은 사기꾼이 아닌 다음에야 세상에 그다지 해를 끼치지 않는다는 것도 결혼 생활이 준 깨달음이다. 인덕이라는 것도 사람의 비어 있는 자리가 있어야 들어온다는데, 그 말이 맞는 말인 것도 결혼하고 알았다. 적당한 잘못은 눈감고 넘어가고 상대를 비난하기 전에 그럼 나는 잘했나 하며 돌아보는 자세도 결혼한 후에 어렵게 배웠다.

다행한 불행

결혼하겠다는 결심은 한마디로 전우가 되겠다는 뜻이고, 서로 공격하지 않겠다는 선언이며, 그 남자의 후진 배경까지 참아주겠다는 맹세라는 말을 어디선가 들은 적이 있다. 그 말을 듣고 얼마나 찔렸는지 모른다. 나에게 있어 결혼은 공격하겠다는 선언이나 마찬가지였다. 지난 세월 남편과 끝없이 싸웠다. 그런데 생각했던 것보다 속이 시원하지 않았다. 왜 그런가 하고 생각해보니, 많은 사람을 초대해놓은 자리에서 남편을 공격하지 않고 웬만한 일은 참겠다고 맹세했기 때문이다. 주례 선생님이 질문했을 때 망설임 없이 "네!"라고 대답했던 순간이 있으니 싸울 때마다 마음이 편치 않은 게 당연했다.

○

남편에게 결혼이란 금지하는 것만 늘어나는 일이었을 것이다. '하지 마라'병과 '해라'병에 걸린 마누라의 잔소리가 지긋지긋했을 것이다. 도박하지 마라. 담배 피우지 마라. 술 먹지 마라. 종일 누워 있지 마라. TV 좀 보지 마라. 내가 하라는 대로 하면 자다가도 떡이 생긴다. 돈 벌어라. 청소해라.

책 좀 읽어라. 심지어, 웃어라까지. 그러다 웃으면, 왜 웃냐, 지금이 웃을 때냐, 라고 했다. 하지 말라는 것과 하라는 게 너무 많아서인지 자꾸 갈등이 생겼다.

늦은 감이 있지만 입장을 바꿔 생각해봤다. 정말이지 해도 너무하다 싶었다. 자기 집에서 맘대로 할 수 있는 게 거의 없었던 남편은 무슨 낙으로 살았을까. 작은 동그라미 안에서만 놀아야 하는 현실에 답답증이 났을 텐데. 코딱지만 한 공간 안에서 아내가 시키는 대로만 살아야 하는 현실이 싫어서 밖으로 튕겨 나가고 싶었을 텐데. 심지어 그 공간은 자기 취향이 완전히 배제된 곳이다. 베개 하나 칫솔 하나도 자기 취향에 맞는 게 없었다. 어디를 돌아봐도 마음 붙일 자리가 없었을 것이다.

'남자가 뭐든 척척 알아서 해주면 좀 좋아? 돈 좀 더 벌어오지. 나 혼자 호강하자는 것도 아닌데 남자가 어쩌면 저렇게 야심이 없을까.'

그런 생각 때문에 화가 나고 싸움도 했던 날들이 주마등처럼 지나갔다. 남편이 더 버는 게 당연하고, 척척 알아서 움직여야 한다는 법은 어디에도 없는데, 도대체 뭘 근거로 당당하게 요구만 하는지 한 번쯤은 내게 묻고 싶었을 것 같다.

재결합하고 7년 중 처음 3년은 산 것 같지 않고 잃어버린 것 같다. 귀한 세월을 잃어버린 허망함과 억울함은 말할 수 없이 컸다. 한때는 재결합했다는 사실만으로 너무나 비현실적이어서 지금까지도 나는 그때 내가 과연 그 일을 꿈이 아닌 생시로 겪은 걸까 문득문득 의심스럽다. 그래서 누구의 결혼 40주년이라는 소리를 들으면 나는 그 부부의 인내에 경의를 표하게 된다. 평범하지 않은 결혼 생활을 했다고 생각해서인지 사람들이 자주 묻는다.

"다시 태어나면 결혼할 생각이세요?"

나는 기다렸다는 듯 목소리에 힘을 주고 대답한다.

"아니요!"

○

요즘 들어 나는 왜 이 어려운 세상에 딸을 낳았을까 하는 근원적인 후회를 한다. 그리고 황급히 내 후회를 뉘우친다. 후회를 후회하면서, 이것이 인생인가 하고 한숨짓는다. 나는 아이가 없는 삶을 잘 모른다. 그러나 아이 없이 사는 삶도 나름의 가치가 있을 거라 믿어 의심치 않는다. 자식은 아무리 줘봤자 별 소용없는 보상 없는 사랑이었고, 인간으로 태어나 이만큼 사랑하는 존재가 또 없을 거라는 걸 깨닫는 귀한 체험이었다. 그러나 한 번 더 기회가 더 주어진다면 사양하고 싶다. 내 삶을 아이에게 내어주는 대신 오롯이 나를 위한 삶을 살아보고 싶다.

결혼도 크게 다르지 않다. 비혼이 이상적이니 선택하겠다는 게 아니다. 타의나 관습에 휘둘리지 않고 내 삶의 방향을 내가 밀고 나가고 싶다는 것이다. 다음 생이 있다면 비혼으로 살아보고 싶다.

다행한 불행

에필로그

마음속 가장 깊고 좋은 자리를 내어줄 한 사람을 고를 때 한 번의 실수로 맞지 않는 사람을 선택한다면 어떻게 할까. 젊은 시절엔 그건 두말할 것도 없이 망한 인생이라고 생각했다. 그때만 해도 그 망한 인생의 주인공이 내가 될지 몰랐다. 결혼한 뒤에는, 이건 뭔가 잘못된 거라고, 그는 그런 사람이 아니라고, 인심을 쓰듯 나에게도 그에게도 기회를 주자고 생각했다.

끝없는 유예의 시간이었다. 그 상대와 함께하는 것 자체가 나를 홀대하는 것처럼 느껴지던 시절을 지나 지금까지 오는 데는 정말이지 오랜 세월이 걸렸다.

최근까지도 남편 때문에 고생하는 여자들의 이야기가 TV에 나오면 나도 모르게 몸이 떨린다. 남편의 도박과 음주 폭력으로 인해 생긴 트라우마에서 완벽히 벗어나지 못한 것이다. 당시 나는 온갖 지혜를 짜내 어떻게든 살아남으려고 노력했다. 결국 혼자서 상처 입은 고양이처럼 내 상처를 핥았다. 나는 혼자 힘으로 살길을 찾았다는 데 약간의 긍지를 품었다. 나를 칭찬하고 싶다고 생각하지는 않지만, 운이 좋아 다행이라고 안심은 했다. 무척 힘든 날들이었지만 지금 생각하면 그 정도의 일은 세상 한구석에서 늘 일어나는, 남에게 이야기할 만한 거리도 못 되는 흔한 비극 정도로 떠올릴 수 있게 되었다.

지금 내가 새삼스레 묵은 일을 들춰내는 것은 "나도 그랬어" 하며 위로받는 사람이 있을 수 있다는 걸 알기 때문이고, 그들에게도 본능에 가까운 치유의 힘이 발휘되길 바라기 때문이다. 그러면서도 이 폭로에 가까운 책을 쓰는 일이 버거울 때면 "전쟁의 처참함에 대해 쓸 때는, 처참함을 고발하려는 게 아니라 그것을 털어내려고 쓰는 것"이라는 로맹

가리의 말을 떠올렸다.

책을 쓰는 동안에 끝없이 나를 쪼개고 조각냈다. 진실과 비밀 사이를 부유했고, 남이 보는 나와 내가 보는 나를 나누고 합치기를 반복했다. 그 덕분에 누구도 궁금해하지 않을 사생활을 장황하게 늘어놓았다. 그런 이유로 내가 두려워하는 건 누군가에게 많이 읽히는 것이다. 그러나 책이 기적을 불러오는 일은 흔치 않으니 부질없는 걱정은 여기서 접는다. 결혼과 이혼을 이야기하는 수많은 책 위에 나도 하나를 얹으며, 관점이 다양해지는 것도 나쁜 일은 아니라고 생각해버린다.

한때, 어떤 이들의 인생에는 늘 행운이 함께하는 듯 보이지만 어떤 이들의 인생은 견디기 힘든 불행으로 가득 차는 모순에 대해 생각해본 적이 있다. 왜 삶은 이다지도 불공평하고 불합리하다는 말인가. 나는 연이은 불행을 예측할 수 없었고, 그러므로 실상 대비할 여력도 여유도 없었다. 살아가는 일이 아픔이었고, 내일이 오는 것이 그저 두려울 뿐이었다. 그러나 이만큼 나이가 들어보니 어쩌면 그보다 더욱 큰 모순은 예기치 못한 불행의 습격이 일면 내 안의 보이지

않는 어떤 부분을 더욱 단단하게 만들어주었다는 사실일지
도 모르겠다는 생각이 든다. 행복의 이면에 불행이 있고 불
행의 이면에 행복이 있다는 흔한 말은 하고 싶지 않다. 그저
삶의 모든 모순에도 불구하고, 불행에 지지 않고 정면으로
맞서 나아가는 순간 우리에게 또 다른 가능성의 문이 열린
다는 사실만은 확실하다고 느낀다. 그런 의미에서 내 삶에
불행이 온 것은 어찌 보면 다행한 일이기도 했다. 내가 내
몫의 불행을 기꺼이 받아들이지 않았다면 나의 삶은 일찌감
치 헤어 나올 수 없는 절망의 나락에 빠지거나, 외려 피로한
일상의 권태와 의미 없는 행복에 지쳐 허물어졌을지도 모르
겠다.

지난 몇 개월, 꼭 한밤중에 글을 썼다. 초저녁에 깜빡 잠
이 들었다가도 새벽이면 아무 때고 일어나 책상에 등을 켰
다. 첫 책을 쓸 때만 해도 남편은 내가 무엇을 하는지 관심
이 없었지만, 두 번째 책을 쓸 때는 그래도 커피를 정성껏
내려주었다. 세 번째까지 오자 이번에는 이 여자가 본격적
으로 이 길로 나가 돈이나 좀 벌어 오려는가 싶어서인지 출
판 시장의 열악함과 가난한 작가의 현실에 대해 아는 척을

시작했다. 키보드 두드리는 소리가 들리면 기어이 일어나 방문을 빼꼼 열고 염려가 담긴 잔소리도 했다. 책은 꼭 밤에 써야 하는 건지, 낮에는 글이 안 써지는지, 잠을 못 자면 당장 당뇨 수치에 문제가 생기는데 왜 꼭 이 시간에 노트북을 열고 마는지. 그러면서도 마지막엔 항상 책이 얼마나 팔릴까 염려했다.

남편의 잔소리를 한 귀로 듣는 둥 마는 둥 매번 밤에 글을 썼다. 아니 밤에만 써졌다고 해야 맞는 말이다. 아마 부끄러운 과거를 들출 때마다 붉어지는 낯빛 때문이었을 것이다. 그러면서도 어떻게 하면 초라하지도 않고 슬프지도 않고 무겁지도 않게 지난 27년을 얘기할 수 있을까 마지막까지 고심했다.

습관적으로 쓰는 말 '평안하고 무탈하기를 기원합니다'가 얼마나 귀하고 소중한 것인지, 요즘은 매일매일 마음으로 깊이 깨닫고 있다. 평안하고 무탈할 수 있다면 나는 무엇이든 할 것이다. 앞으로 작가로서 무엇을 쓰고 싶은지, 어떤 모습으로 변화하고 싶은지 종종 생각하는데, 결국은 세월과 평범한 생활에 기대는 수밖에 없다는 생각이 든다.

세상 모든 게 달라져도 끝까지 내 사람일 무아의 계절 이승은 작가님, 첫눈같이 온 사람 한수희 작가님, 나의 코제트 이선아 작가님, 어떤 내용으로 원고를 채워도 당황하지 않을 사람이라는 믿음을 준 H에게 감사드린다.

다 포기할까 싶은 순간
믿을 수 없는 드라마가 펼쳐지는 것이
인생이라는 걸 믿으며
김설

다행한 불행